歐陽修詞

〔北宋〕歐陽修 著

廣陵書社
中國·揚州

圖書在版編目（CIP）數據

歐陽修詞 / (北宋) 歐陽修著. -- 揚州 : 廣陵書社,
2024.6
（國學經典叢書）
ISBN 978-7-5554-2306-5

Ⅰ. ①歐… Ⅱ. ①歐… Ⅲ. ①宋詞一選集 Ⅳ.
①I222.844

中國國家版本館CIP數據核字(2024)第107976號

書　　名　歐陽修詞
著　　者　〔北宋〕歐陽修
責任編輯　白星飛
出 版 人　劉　棟
裝幀設計　鴻儒文軒

出版發行　廣陵書社
揚州市四望亭路 2-4 號　郵編:225001
(0514) 85228081(總編辦)　85228088(發行部)
http://www.yzglpub.com　E-mail:yzglss@163.com
印　　刷　三河市華東印刷有限公司

開　　本　880 毫米×1230 毫米　1/32
印　　張　6.375
字　　數　72 千字
版　　次　2024 年 6 月第 1 版
印　　次　2024 年 6 月第 1 次印刷
書　　號　ISBN 978-7-5554-2306-5
定　　價　45.00 圓

編輯説明

自上世紀九十年代末始，我社陸續編輯出版一套綫裝本中華傳統文化普及讀物，名爲《文華叢書》。編者孜孜矻矻，兀兀窮年，歷經二十餘載，聚爲上百種，集腋成裘，蔚爲可觀。叢書以内容經典、形式古雅、編校精審，深受讀者歡迎，不少品種已不斷重印，常銷常新。

國學經典，百讀不厭，其中藴含的生活情趣、生命哲理、人生智慧，以及家國情懷、歷史經驗、宇宙真諦，令人回味無窮，啓迪至深。爲了方便讀者閲讀國學原典，更廣泛地普及傳統文化，特于《文華叢書》基礎上，重加編輯，推出《國學經典叢書》。

本叢書甄選國學之基本典籍，萃精華于一編。以内容言，所選均爲家喻户曉的經典名著，涵蓋經史子集，包羅詩詞文賦、小品蒙書，琳琅滿目；以篇幅言，每種規模不大，或數種彙于一書，便于誦讀；以形式言，採用傳統版式，字大文簡，賞心悦目；以編輯言，力求精擇良善版本，細加校勘，注重精讀原文，偶作簡明小注，或酌配古典版畫，體現編輯的匠心。

當下國學典籍的出版方興未艾，品質參差不齊。希望這套我社經年打造的品牌叢書，能爲讀者朋友閲讀經典提供真正的精善讀本。

廣陵書社編輯部

二〇二三年三月

出版説明

歐陽修(一〇〇七—一〇七二),字永叔,號醉翁,晚年又號六一居士,吉州永豐(今江西省永豐縣)人。北宋著名文學家、史學家,有《歐陽文忠公集》《集古録跋尾》《五代史記》等著作傳世。

歐陽修自幼穎悟過人,『讀書輒成誦』。四歲時,父親歐陽觀去世,母親守節自誓。天聖八年(一〇三〇),歐陽修中進士。官館閣校勘,後范仲淹以言事貶,司諫高若訥以爲其當黜,歐陽修貽書責之,因此被貶爲夷陵令,後徙乾德令、武成節度判官。慶曆三年(一〇四三),任諫官。因支持范仲淹政治革新,被誣貶知滁州,又改知揚州等地。官至翰林學士、樞密副使、參知政事。熙寧五年(一〇七二)卒,贈太子太師,謚文忠。王安石曾説，歐陽修『仕宦四十年，上下往返，感世路之嶇崎』，『雖迍邅困躓，竄斥流離，而終不可掩者，以其有公議之是非，既壓復起，遂顯于世』。

歐陽修對文學的貢獻，首先在于推翻西昆體、四六時文對文壇的統治。歐陽修的古文以韓、柳爲典範，糾正了好奇尚怪的偏頗，認爲古文創作應平緩流暢，取其自然。其散文説理暢達，抒情委婉，不論是諷世刺政、悼亡憶舊，還是登臨游覽之作，無不體現出他從容寬厚、真率自然的藝術個性。

歐陽修以餘事作小詞，注重表達個人感受。其詞有的含蓄雋永，清新可誦，如『月到柳梢頭，人約黄昏後』(《生查子》)、『走來窗下笑相扶。愛道畫眉深淺、入時無』(《南歌子》)；有的間帶豪放之感，如『隴上雕鞍惟數騎，獵圍半合新霜裹』(《漁家傲》)。尤其是《朝中措》一詞，最爲人稱道，『手種堂前垂柳，別來幾度春風』，直抒胸臆，毫無假借；『行樂直須年少，尊前看取衰翁』，又將憂患凋零之感徑直寫出。歐陽修詞源于花間，但一改其面目，審美趣味發生變化，陳廷焯評價其詞云：『其香艷之作，大率皆年少時筆墨，亦非近、後人僞作也。但家數近小，未盡脱五代風味。』此説大抵得當。

今以詞牌編次，集歐陽修詞作，編爲是書。爲方便閱讀，精選歷代歐詞評語，附于詞後，庶便更好理解歐詞旨趣。

廣陵書社編輯部

二〇二四年六月

歐陽文忠公小景

像贊二首

〔宋〕李端叔

賢哉文忠，直道大節。知進知退，既明且哲。陸贄議論，韓愈文章，李、杜歌詩，公無不長。當世大儒，邦家之光。霜空無雲，秋天澄霽。昭然政通，何勞鐘簴。儼然望之，希世一遇。萬邦方春，逢坡益注。

像贊

〔宋〕晁悦之

惟我昭陵，公乃得升。天下無朋，國有魏公。公乃得容，不朋以忠。風波既散，高山獨見。小人是嘆，昔賢在是。寧論厥似，聞其百世。

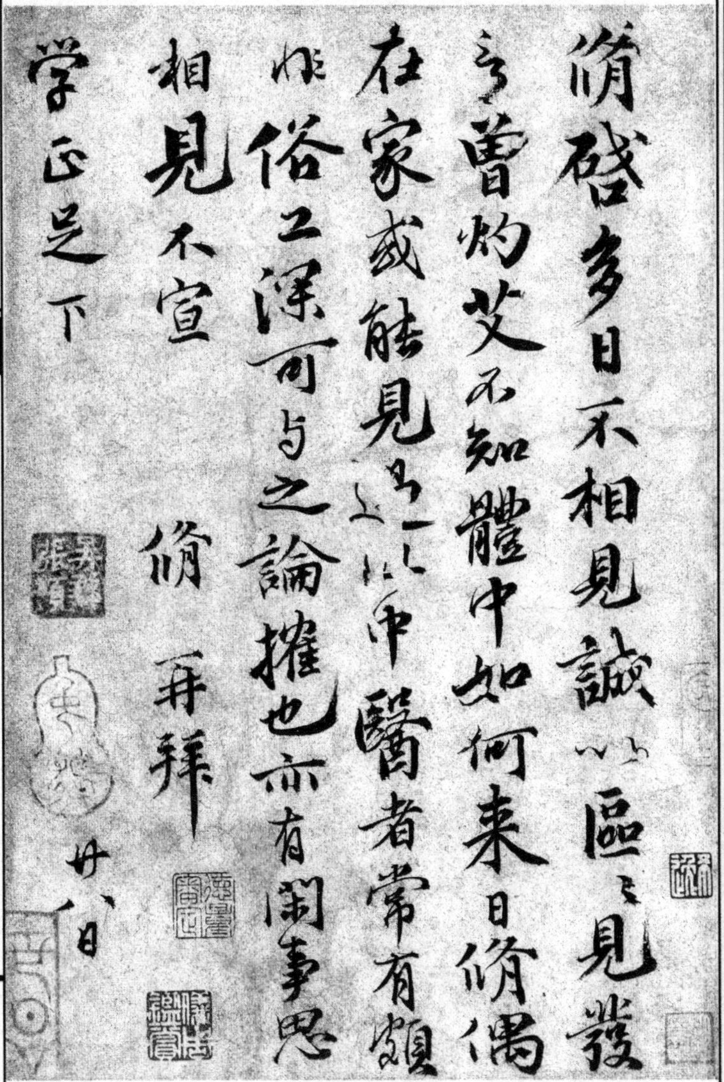

脩啓多日不相見誠以區區見發
言曾灼艾不知體中如何來日脩偶
在家或能見過見少以申醫者常有頌
非俗工深可與之論權也亦有闕事思
相見不宣
脩再拜
學正足下
廿八日

歐陽修墨迹

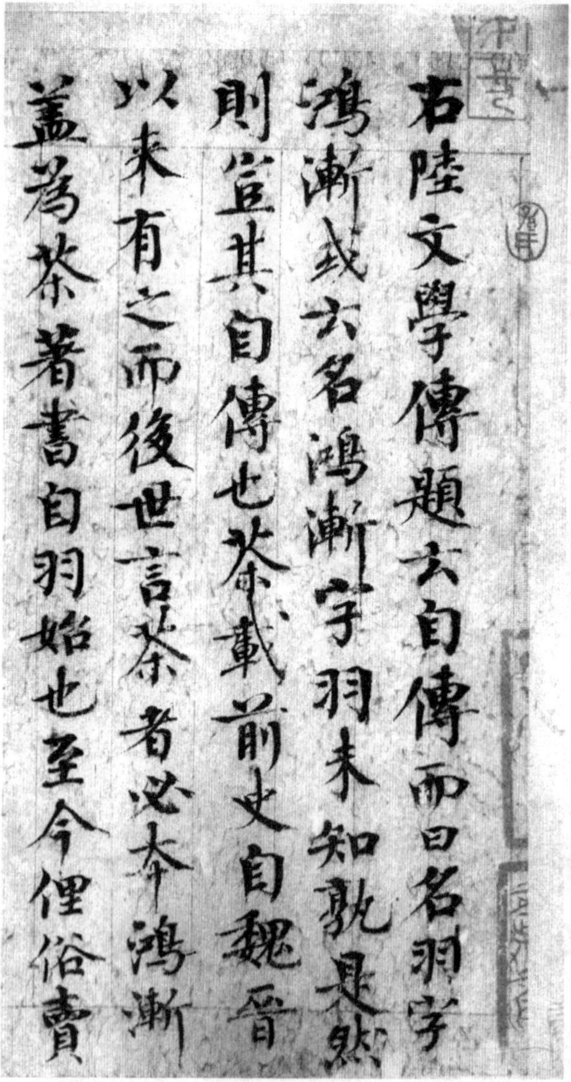
右陸文學傳題云自傳而曰名羽字
鴻漸或云名鴻漸字羽未知孰是然
則豈其自傳也茶載前史自魏晉
以來有之而後世言茶者必本鴻漸
蓋為茶著書自羽始也至今俚俗賣

歐陽修墨迹

春暮

歐陽永叔

庭院深深深幾許楊柳堆烟簾幕無重數金勒雕鞍遊冶處樓高不見章臺路　雨橫風狂二月暮門掩黃昏無計留春住淚眼問花花不語亂紅飛過鞦韆去

調蝶戀花

晉陵趙鳴之

夏景　歐陽永叔

池外輕雷池上雨々聲滴碎荷聲小樓西角斷虹明闌干倚處待得月華生燕子飛來窺畫棟玉鉤垂下簾旌涼波不動簟紋平水晶雙枕傍有墮釵橫

調臨江仙　福唐林子丘

目録

歐陽修詞

採桑子 十三首

一

輕舟短棹西湖好，綠水逶迤。芳草長堤。隱隱笙歌處處隨。　無風水面琉璃滑，不覺船移。微動漣漪。驚起沙禽掠岸飛。

【集評】

清·許昂霄《詞綜偶評》：閑雅處自不可及。

俞陛雲《唐五代兩宋詞選釋》：下闋四句，極肖湖上行舟，波平如鏡之狀。『不覺船移』四字，下語尤妙。

二

春深雨過西湖好，百卉争妍。蝶亂蜂喧。晴日催花暖欲然。蘭橈畫舸悠悠去，疑是神仙。返照波間。水闊風高颺管弦。

三

畫船載酒西湖好，急管繁弦。玉盞催傳。穩泛平波任醉眠。行雲却在行舟下，空水澄鮮。俯仰留連。疑是湖中别有天。

【集評】

俞陛雲《唐五代兩宋詞選釋》：湖水澄澈時，如在鏡中，雲影天光，上下一色，『行雲』數語，能道出之。

四

群芳過後西湖好，狼籍殘紅。飛絮濛濛。垂柳闌干盡日風。笙歌散盡游人去，始覺春空。垂下簾櫳。雙燕歸來細雨中。

【集評】

唐圭璋《唐宋詞簡釋》：此首上片言游冶之盛，下片言人去之静。通篇于景中見情，文字極疏雋。風光之好，太守之適，並可想象而知也。

劉永濟《唐五代兩宋詞簡析》：此詞雖意在寫暮春景物，而作者胸懷恬適之趣，同時表達出之。作者此詞皆從世俗繁華生活之中，滲透一層着眼。蓋世俗之人多在群芳正盛之時游觀西湖；作者却于飛花、飛絮之外，得出寂静之境。

五

何人解賞西湖好，佳景無時。飛蓋相追〔一〕。貪向花間醉玉卮。誰知閑憑闌干處，芳草斜暉。水遠烟微。一點滄洲白鷺飛。

【注釋】

〔一〕飛蓋：車篷，此指馬車飛馳。

六

清明上巳西湖好，滿目繁華。争道誰家。緑柳朱輪走鈿車〔一〕。游人日暮相將去，醒醉喧嘩。路轉堤斜。直到城頭總是花。

【注釋】

〔一〕鈿車：用金寶鑲嵌以作裝飾的車子。

七

荷花開後西湖好，載酒來時。不用旌旗。前後紅幢緑蓋隨。畫船撑入花深處，香泛金卮。烟雨微微。一片笙歌醉裏歸。

八

天容水色西湖好，雲物俱鮮。鷗鷺閑眠。應慣尋常聽管弦。風清月白偏宜夜，一片瓊田〔一〕。誰羨驂鸞〔二〕。人在舟中便是仙。

【注釋】

〔一〕瓊田：傳説中能生靈草的田。《十洲記》：『東海祖洲上有不死之草，生瓊田中。』此指水面如碧玉之田。

〔二〕驂鸞：仙人駕鸞鳥雲游。

九

殘霞夕照西湖好，花塢蘋汀。十頃波平。野岸無人舟自横。西南月上浮雲散，軒檻凉生。蓮芰香清。水面風來酒面醒。

十

平生爲愛西湖好，來擁朱輪〔一〕。富貴浮雲。俯仰流年二十春。歸來恰似遼東鶴，城郭人民。觸目皆新。誰識當年舊主人。

【注釋】

〔一〕朱輪：太守所乘之車，以朱紅漆輪，故名。熙寧四年（一〇七一），歐陽修歸潁，首句憶皇祐元年（一〇四九）自揚州移知潁州之事。

十一

畫樓鐘動君休唱，往事無蹤。聚散匆匆。今日歡娛幾客同。　去年綠鬢今年白，不覺衰容。明月清風。把酒何人憶謝公〔一〕。

【注釋】

〔一〕謝公：謝朓。唐·李白《秋登宣城謝朓北樓》：「誰念北樓上，臨風懷謝公。」

十二

十年一別流光速，白首相逢。莫話衰翁。但鬥尊前語笑同。　勸君滿酌君須醉，盡日從容。畫鷁牽風。即去朝天沃舜聰。

十三

十年前是尊前客，月白風清。憂患凋零。老去光陰速可驚。鬢華雖改心無改，試把金觥。舊曲重聽。猶似當年醉裏聲。

朝中措 送劉仲原甫出守維揚

平山闌檻倚晴空。山色有無中。手種堂前垂柳，别來幾度春風。文章太守，揮毫萬字，一飲千鍾。行樂直須年少，尊前看取衰翁。

【集評】清·黄蘇《蓼園詞選》：歐陽文忠公守維揚日，于西城北大明寺側建平山堂，頗得游觀之勝。金華劉原父出守揚州，文忠公作《朝中措》以餞之，後東坡亦守是邦，登平山堂，有感而賦《西江月》一闋云：『三過平山堂下，半生彈指聲中。十年不見老仙翁。壁上龍蛇飛動。　欲吊文章太守，仍歌楊柳春風。休言萬事轉頭空。未轉頭時皆夢。』末句感慨之意，見于言外。

清·劉熙載《藝概》卷四：詞有尚風，有尚骨。歐公《朝中措》云：『手種堂前楊柳，别來幾度春風。』東坡《雨中花慢》云：『高會聊追短景，清商不假餘妍。』孰風孰骨可辨。

長相思 三首

一

蘋滿溪，柳繞堤，相送行人溪水西。回時隴月低。　烟霏霏，風凄淒，重倚朱門聽馬嘶。寒鷗相對飛。

二

花似伊，柳似伊，花柳青春人別離。低頭雙淚垂。長江東，長江西，兩岸鴛鴦兩處飛。相逢知幾時。

三

深花枝，淺花枝，深淺花枝相並時。花枝難似伊。玉如肌，柳如眉，愛着鵝黄金縷衣。啼妝更爲誰。

【集評】

明·金聖嘆《唱經堂批歐陽永叔詞十二首》：衹看前半闋，不用一字，衹是一筆寫去，却成異樣絶調。後半闋，偏有許多『玉肌』『柳眉』『鵝黄』『金縷』『啼妝』等字，偏覺醜拙不可耐。然則作詞之法，固可得而悟也。

清·陳廷焯《詞則·閑情集》卷一：連用四『花枝』、二『深淺』字，姿態甚足。後半殊遜。

訴衷情 眉意

清晨簾幕捲輕霜，呵手試梅妝。都緣自有離恨，故畫作遠山長。　思往事，惜流芳。易成傷。擬歌先斂，欲笑還顰，最斷人腸。

踏莎行 二首

一

候館梅殘，溪橋柳細。草熏風暖摇征轡。離愁漸遠漸無窮，迢迢不斷如春水。寸寸柔腸，盈盈粉泪。樓高莫近危闌倚。平蕪盡處是春山，行人更在春山外。

【集評】俞陛雲《唐五代兩宋詞選釋》：前半首言征人駐馬回頭，愈行愈遠，如春水迢迢，却望長亭，已隔萬重雲樹。後半首爲送行者設想，倚闌凝睇，心倒腸回，望青山無際，遥想斜日鞭絲，當已出青山之外，如鴛鴦之烟島分飛，互相回首也。以章法論，『候館』『溪橋』言行人所經歷，『柔腸』『粉泪』言思婦之傷懷，情同而境判。前後闋之章法井然。

二

雨霽風光，春分天氣。千花百卉争明媚。畫梁新燕一雙雙，玉籠鸚鵲愁孤睡。薜荔依墻，莓苔滿地。青樓幾處歌聲麗。驀然舊事上心來，無言斂皺眉山翠。

望江南

江南蝶，斜日一雙雙。身似何郎全傅粉〔一〕，心如韓壽愛偷香〔二〕。天賦與輕狂。微雨後，薄翅膩烟光。纔伴游蜂來小院，又隨飛絮過東墻。長是爲花忙。

【注釋】

〔一〕何郎全傅粉：何郎，即何晏。《世説新語》：『何平叔美姿儀，面至白。魏明帝疑其傅粉，正夏月，與熱湯餅。既啖，大汗出，以朱衣自拭，色轉皎然。』此喻蝴蝶之白。

〔二〕韓壽愛偷香：韓壽，晋人，賈充之婿。據《晋書·賈充傳》載，賈充之女賈午與韓壽私通，竊其父藏皇帝所賜西域奇香以贈之。事爲賈充所知，遂以女午妻韓壽。

減字木蘭花 五首

一

留春不住，燕老鶯慵無覓處。説似殘春，一老應無却少人。　風和月好，辦得黄金須買笑。愛惜芳時，莫待無花空折枝。

二

傷懷離抱，天若有情天亦老。此意如何，細似輕絲渺似波。　扁舟岸側，楓葉荻花秋索索。細想前歡，須着人間比夢間。

三

樓臺向曉，淡月低雲天氣好。翠幕風微，宛轉梁州入破時。香生舞袂，楚女腰肢天與細。汗粉重匀，酒後輕寒不着人。

四

畫堂雅宴，一抹朱弦初入遍。慢撚輕籠，玉指纖纖嫩剥葱。撥頭惚利〔一〕，怨月愁花無限意。紅粉輕盈，倚暖香檀曲未成。

【注釋】

〔一〕撥頭惚利：撥頭，舞蹈名。馬端臨《文獻通考》：『撥頭，出西域，胡人爲猛獸所噬，其子求獸殺之，爲此舞以象也。』惚利，不得志貌。

五

歌檀斂袂，繚繞雕梁塵暗起。柔潤清圓，百琲明珠一綫穿。櫻脣玉齒，天上仙音心下事。留往行雲，滿坐迷魂酒半醺。

生查子 二首

一

去年元夜時，花市燈如晝。月到柳梢頭，人約黄昏後。今年元夜時，月與燈依舊。不見去年人，泪滿春衫袖。

【集評】

清·陳廷焯《詞壇叢話》引陳文述：案『去年元夜』一詞，當是永叔少年筆墨。漁洋辨之於前，雲伯辨之於後，俱有挽扶風教之心。余謂古人托興言情，無端寄慨，非必實有其事。此詞即爲朱淑真作，亦不見是泆女，辨不辨皆可也。

二

含羞整翠鬟，得意頻相顧。雁柱十三弦，一一春鶯語。嬌雲容易飛，夢斷知何處。深院鎖黄昏，陣陣芭蕉雨。

【注釋】

〔一〕十三弦：箏。《隋書·音樂志》：『四曰箏，十三弦，所謂秦聲，蒙恬所作者也。』

【集評】

清·黄蘇《蓼園詞選》：『「一一」字從「頻」字生來，「春鶯語」從「得意」字生來。前一闋寫得意時情懷，無限旖旎。次一闋寫别後情懷，無限凄苦。胥於箏寓之。凡遇合無常，思婦中年，英雄末路，讀之皆堪下泪。

清商怨

雙鸞

關河愁思望處滿，漸素秋向晚。雁過南雲，行人回淚眼。衾裯悔展，夜又永、枕孤人遠。夢未成歸，梅花聞塞管。

【集評】

明·卓人月《古今詞統》卷四：音節之間，如有所咽而不得舒。

阮郎歸 二首

一

强

劉郎何日是來時，無心雲勝伊。行雲猶解傍山飛，郎行去不歸。

匀畫，又芳菲，春深輕薄衣。桃花無語伴相思，陰陰月上時。

【集評】

明·沈際飛《草堂詩餘續集》：雲無定蹤，猶勝伊人，不得比之陌上塵矣。

二〔一〕

落花浮水樹臨池，年前心眼期。見來無事去還思，而今花又飛。淺螺黛，淡燕脂，閑妝取次宜。隔簾風雨閉門時，此情風月知。

【注釋】

〔一〕一作張先詞。

【集評】

明·沈際飛《草堂詩餘續集》：波折婉約。

蝶戀花 二十首

一

簾幕東風寒料峭，雪裏香梅，先報春來早。紅蠟枝頭雙燕小，金刀剪彩呈纖巧。　旋暖金爐薰蕙藻，酒入橫波〔一〕，困不禁煩惱。繡被五更春睡好，羅幃不覺紗窗曉。

【注釋】

〔一〕橫波：眼波。漢・傅毅《舞賦》：『眉連娟以增繞兮，目流睇而橫波。』唐・李善注：『橫波，言目邪視，如水之橫流也。』

二〔一〕

南雁依稀回側陣，雪霽墻陰，遍覺蘭芽嫩。中夜夢餘消酒困，爐香捲穗燈生暈。急景流年都一瞬，往事前歡，未免縈方寸。臘後花期知漸近，東風已作寒梅信。

【注釋】

〔一〕一作晏殊詞。

【集評】

明·沈際飛《草堂詩餘續集》：境、趣、情皆在内，而皆指不出，妙。

三

臘雪初銷梅蕊綻，梅雪相和，喜鵲穿花轉。睡起夕陽迷醉眼，新愁長向東風亂。瘦覺玉肌羅帶緩，紅杏梢頭，二月春猶淺。望極不來芳信斷，音書縱有爭如見。

四

海燕雙來歸畫棟，簾影無風，花影頻移動。半醉騰騰春睡重，綠鬟堆枕香雲擁。

翠被雙盤金縷鳳，憶得前春，有個人人共。花裏黃鶯時一弄，日斜驚起相思夢。

【集評】

明·潘游龍《古今詩餘醉》卷四：前以驚夢起，以傷春轉。後以傷春起，驚夢轉，大概一機局，而筆性遠過之。

《新刻注釋草堂詩餘評林》引明·李廷機語：此亦有感而言，辭氣流利，足爽人口。

五

面旋落花風蕩漾，柳重烟深，雪絮飛來往。雨後輕寒猶未放，春愁酒病成惆悵。

枕畔屏山圍碧浪，翠被華燈，夜夜空相向。寂寞起來褰繡幌，月明正在梨花上。

【集評】王國維《人間詞話》附録一：歐公《蝶戀花》『面旋落花』云云，字字沉響，殊不可及。

六〔一〕

簾幕風輕雙語燕，午後醒來，柳絮飛撩亂。心事一春猶未見，紅英落盡青苔院。百尺朱樓閑倚遍，薄雨濃雲，抵死遮人面。羌管不須吹别怨，無腸更爲新聲斷。

【注釋】

〔一〕一作晏殊詞。

【集評】

清·陳廷焯《詞則·别調集》卷一：情有所至，凄婉沉至。

七[一]

庭院深深深幾許，楊柳堆烟，簾幕無重數。玉勒雕鞍游冶處，樓高不見章臺路。雨横風狂三月暮，門掩黄昏，無計留春住。泪眼問花花不語，亂紅飛過鞦韆去。

【注釋】

〔一〕一作馮延巳詞。

【集評】

清·王又華《古今詞論》引清·毛先舒語：詞家意欲層深，語欲渾成。作詞者大抵意層深者，語便刻畫；語渾成者，意便膚淺，兩難兼也。或欲舉其似，偶拈永叔詞云：『泪眼問花花不語，亂紅飛過鞦韆去。』此可謂層深而渾成，何也？因花而有泪，此一層意也；因泪而問花，此一層意也；花竟不語，此一層意也；不但不語，且又亂落，飛過鞦韆，此一層意也。人愈傷心，花愈惱人。語愈淺而意愈入，又絶無刻畫費力之迹。謂非層深而渾成耶？然作者初非措意，直如化工生物，筍未出而苞節已具，非寸寸爲之也。若先措意，便刻畫愈深愈墮惡境矣。此等一經拈出後，便當掃去。

八

永日環堤乘彩舫，烟草蕭疏，恰似晴江上。水浸碧天風皺浪，菱花荇蔓隨雙槳。紅粉佳人翻麗唱，驚起鴛鴦，兩兩飛相向。且把金尊傾美醸，休思往事成惆悵。

【集評】

明·金聖嘆《唱經堂批歐陽永叔詞十二首》：從來詞家，多以前半不堪，生出後半不堪之情。此獨前半寫得蕭然天放，後半陡然因麗唱轉出鴛鴦，因鴛鴦轉出往事，又是一樣身分也。

九

越女採蓮秋水畔，窄袖輕羅，暗露雙金釧〔一〕。照影摘花花似面，芳心祇共絲争亂。

鸂鶒〔二〕灘頭風浪晚。霧重烟輕，不見來時伴。隱隱歌聲歸棹遠，離愁引着江南岸。

【注釋】

〔一〕金釧：臂環。又指金鐲。

〔二〕鸂鶒：水鳥。形類鴛鴦而大，多紫色，俗稱紫鴛鴦。

【集評】

明·沈際飛《草堂詩餘續集》：美人是花真身。又，如絲争亂，吾恐爲蕩婦矣。

清·陳廷焯《詞則·閑情集》卷一：與元獻作。同一纏綿，語更婉雅。

十

水浸秋天風皺浪，縹緲仙舟，祇似秋天上。和露採蓮愁一餉，看花却是啼妝樣。折得蓮莖絲未放，蓮斷絲牽，特地成惆悵。歸棹莫隨花蕩漾，江頭有個人相望。

十一〔一〕

梨葉初紅蟬韻歇，銀漢風高，玉管聲凄切。枕簟乍涼銅漏徹，誰教社燕輕離別。草際蟲吟秋露結，宿酒醒來，不記歸時節。多少衷腸猶未說，珠簾夜夜朦朧月。

【注釋】

〔一〕一作晏殊詞。

十二〔一〕

獨倚危樓風細細，望極離愁，黯黯生天際。草色山光殘照裏，無人會得憑闌意。也擬疏狂圖一醉，對酒當歌，强飲還無味。衣帶漸寬都不悔，況伊銷得人憔悴。

【注釋】

〔一〕一作柳永詞。

【集評】

唐圭璋《唐宋詞簡釋》：此首上片寫境，下片抒情。『獨倚』三句，寫遠望愁生。『草色』兩句，實寫所見冷落景象與傷高念遠之意。換頭深婉。『擬把』句，與『對酒』兩句呼應。『强樂無味』，語極沉痛。『衣帶』兩句，更柔厚。與『不辭鏡裏朱顔瘦』語，同合風人之旨。

十三〔一〕

簾下清歌簾外宴，雖愛新聲，不見如花面。牙板數敲珠一串，梁塵暗落琉璃盞。桐樹花深孤鳳怨，漸遏遥天，不放行雲散。坐上少年聽未慣，玉山將倒〔二〕腸先斷。

【注釋】

〔一〕一作柳永詞。

〔二〕玉山將倒：酒醉欲倒之貌。南朝宋·劉義慶《世説新語·容止》：『嵇叔夜之爲人也，巖巖若孤松之獨立；其醉也，傀俄若玉山之將崩。』

十四〔一〕

誰道閑情抛棄久，每到春來，惆悵還依舊。日日花前常病酒，不辭鏡内朱顔瘦。河畔青蕪堤上柳，爲問新愁，何事年年有。獨立小橋風滿袖，平林新月人歸後。

【注釋】

〔一〕一作馮延巳詞。

十五

翠苑紅芳晴滿目，綺席流鶯，上下長相逐。紫陌閑隨金轣轆〔一〕，馬蹄踏遍春郊緑。一覺年華春夢促，往事悠悠，百種尋思足。烟雨滿樓山斷續，人閑倚遍闌干曲。

【注釋】

〔一〕金轣轆：金屬鑲嵌的車。轣轆，車輪或轆轤的轉動聲，此借指車。

十六

小院深深門掩亞，寂寞珠簾，畫閣重重下。欲近禁烟〔一〕微雨罷，緑楊深處鞦韆挂。傅粉狂游猶未捨，不念芳時，眉黛無人畫。薄幸未歸春去也，杏花零落香紅謝。

【注釋】

〔一〕禁烟：指寒食節。南朝梁·宗懔《荊楚歲時記》：『去冬節一百五日，即有疾風甚雨，謂之寒食，禁火三日，造餳大麥粥。』

【集評】

清·陳廷焯《詞則·大雅集》卷二：清雅芊麗，正中之匹也。

十七〔一〕

幾日行雲何處去？忘了歸來，不道春將暮。百草千花寒食路，香車繫在誰家樹。　淚眼倚樓頻獨語。雙燕來時，陌上相逢否。撩亂春愁如柳絮，依依夢裏無尋處。

【注釋】

〔一〕一作馮延巳詞。

十八

欲過清明烟雨細，小檻臨窗，點點殘花墜。梁燕語多驚曉睡，銀屏一半堆香被。新歲風光如舊歲，所恨征輪，漸漸程迢遞。縱有遠情難寫寄，何妨解有相思泪。

十九

畫閣歸來春又晚，燕子雙飛，柳軟桃花淺。細雨滿天風滿院，愁眉斂盡無人見。獨倚闌干心緒亂，芳草芊綿，尚憶江南岸。風月無情人暗換，舊游如夢空腸斷。

二十

嘗愛西湖春色早，臘雪方銷，已見桃開小。頃刻光陰都過了，如今緑暗紅英少。且趁餘花謀一笑，況有笙歌，艷態相縈繞。老去風情應不到，憑君剩把芳尊倒。

漁家傲 二十首

一

一派潺湲流碧漲，新亭四面山相向。翠竹嶺頭明月上。迷俯仰，月輪正在泉中漾。　更待高秋天氣爽，菊花香裏開新釀。酒美賓嘉真勝賞。紅粉唱，山深分外歌聲響。

二

十月小春梅蕊綻，紅爐畫閣新裝遍。錦帳美人貪睡暖。羞起晚，玉壺一夜冰澌滿。　樓上四垂簾不捲，天寒山色偏宜遠。風急雁行吹字斷。紅日短，江天雪意雲撩亂。

三 與趙康靖公〔一〕

四紀才名天下重，三朝構厦爲梁棟。定册〔二〕功成身退勇。辭榮寵，歸來白首笙歌擁。

顧我薄才無可用，君恩近許歸田壟。今日一觴難得共。聊對捧，官奴爲我高歌送。

【注釋】

〔一〕趙康靖公：趙概，字叔平，謚康靖。趙概與歐陽修同爲官，趙概先告老歸睢陽，歐陽修相繼歸汝陰。宋·蔡啓《蔡寬夫詩話》：『康靖一日單車特往過之，時年已八十矣。留劇飲逾月，日于汝陰縱游而後返。』此詞當作于此時。

〔二〕定册：亦作『定策』，指大臣擁立天子。

暖日遲遲花裊裊，人將紅粉争花好。花不能言惟解笑。金壺倒，花開未老人年少。車馬九門來擾擾，行人莫羡長安道。丹禁〔一〕漏聲衢鼓報。催昏曉，長安城裏人先老。

【注釋】

〔一〕丹禁：皇帝所居之禁城。天子所居爲禁，以丹涂壁，故稱。亦稱紫禁。

五

紅粉墻頭花幾樹，落花片片和驚絮。墻外有樓花有主。尋花去，隔墻遥見鞦韆侣。緑索紅旗雙彩柱，行人祇得偷回顧。腸斷樓南金鎖户。天欲暮，流鶯飛到鞦韆處。

六

妾本錢塘蘇小妹，芙蓉花共門相對。昨日爲逢青傘蓋。慵不采，今朝斗覺凋零𪾶。愁倚畫樓無計奈，亂紅飄過秋塘外。料得明年秋色在。香可愛，其如鏡裏花顏改。

七

花底忽聞敲兩槳，逡巡女伴來尋訪。酒盞旋將荷葉當。蓮舟蕩，時時盞裏生紅浪。花氣酒香清厮釀，花腮酒面紅相向。醉倚綠陰眠一餉。驚起望，船頭閣在沙灘上。

八

葉有清風花有露，葉籠花罩鴛鴦侶。白錦頂絲紅錦羽。蓮女妒，驚飛不許長相聚。日脚沉紅天色暮，青涼傘上微微雨。早是水寒無宿處。須回步，枉教雨裏分飛去。

九

荷葉田田青照水，孤舟挽在花陰底。昨夜蕭蕭疏雨墜。愁不寐，朝來又覺西風起。雨擺風搖金蕊〔一〕碎，合歡枝上香房翠〔二〕。蓮子與人長厮類。無好意，年年苦在中心裏。

【注釋】

〔一〕金蕊：金色花蕊，指蓮花。

〔二〕合歡枝上香房翠：合歡枝，即並蒂蓮。宋·贊寧《宋高僧傳》卷五：『時堂前池生五枝合歡蓮華，一華皆有三節。』香房，蓮蓬。

十

葉重如將青玉亞，花輕疑是紅綃挂。顔色清新香脱灑。堪長價，牡丹怎得稱王者。雨筆露箋匀彩畫，日爐風炭薰蘭麝。天與多情絲一把。誰厮惹，千條萬縷縈心下。

【集評】

明·卓人月《古今詞統》卷十：此首工緻，次首情思兩極，古今蓮詞第一手。

十一〔一〕

粉蕊丹青描不得，金針綫綫功難敵。誰傍暗香輕採摘。風淅淅，船頭觸散雙鸂鶒。　夜雨染成天水碧，朝陽借出胭脂色。欲落又開人共惜。秋氣逼，盤中已見新荷的〔二〕。

【注釋】

〔一〕一作晏殊詞，又誤爲晏幾道詞。

〔二〕荷的：蓮子。

十二

幽鷺謾來窺品格，雙魚豈解傳消息。綠柄嫩香頻採摘。心似織，條條不斷誰牽役。珠泪暗和清露滴，羅衣染盡秋江色。對面不言情脉脉。烟水隔，無人説似長相憶。

十三〔一〕

楚國細腰〔二〕元自瘦，文君〔三〕膩臉誰描就。日夜鼓聲催箭漏。昏復晝，紅顔豈得長如舊。醉拆嫩房紅蕊嗅，天絲不斷清香透。却傍小闌凝望久。風滿袖，西池月上人歸後。

【注釋】

〔一〕一作晏殊詞。

〔二〕楚國細腰：女子細腰。《韓非子》：『楚靈王好細腰，而國中多餓人。』

〔三〕文君：卓文君。《漢書·司馬相如傳》載，卓文君好音，司馬相如以琴曲挑之，文君遂夜奔相如。後以之指美女。

十四　七夕

喜鵲填河仙浪淺，雲軿〔一〕早在星橋畔。街鼓黃昏霞尾暗。炎光斂，金鈎側倒天西面。　一別經年今始見，新歡往恨知何限。天上佳期貪眷戀。良宵短，人間不合催銀箭〔二〕。

【注釋】

〔一〕雲軿：神仙所乘之車。此指載織女之車。

〔二〕銀箭：計時器漏壺中的箭。

十五

乞巧樓頭雲幔捲，浮花催洗嚴妝面。花上蛛絲尋得遍。顰笑淺，雙眸望月牽紅綫。　奕奕天河光不斷，有人正在長生殿。暗付金釵清夜半。千秋願，年年此會長相見。

十六

別恨長長歡計短，疏鐘促漏〔一〕真堪怨。此會此情都未半。星初轉，鸞琴鳳樂匆匆捲。河鼓無言西北盼，香蛾有恨東南遠〔二〕。脉脉橫波珠泪滿。歸心亂，離腸便逐星橋斷。

【注釋】

〔一〕疏鐘促漏：鐘聲稀，漏聲短。謂夜深。

〔二〕『河鼓』句：河鼓，牽牛星；香蛾，女子，此指織女。

十七

九日歡游何處好，黃花萬蕊雕闌繞。通體清香無俗調。天氣好，烟滋露結功多少。日脚清寒高下照，寶釘密綴圓斜小。落葉西園風裊裊。催秋老，叢邊莫厭金尊倒。

十八

青女霜前催得綻，金鈿亂散枝頭遍。落帽臺高開雅宴。芳尊滿，挼花吹在流霞面。　桃李三春雖可羡，鶯來蝶去芳心亂。争似仙潭秋水岸。香不斷，年年自作茱萸伴。

十九

露裛嬌黄風擺翠，人間晚秀非無意。仙格淡妝天與麗。誰可比，女真裝束真相似。　筵上佳人牽翠袂，纖纖玉手挼新蕊。美酒一杯花影膩。邀客醉，紅瓊共作熏熏媚。

二十

對酒當歌勞客勸，惜花祇惜年華晚。寒艷冷香秋不管。情眷眷，憑闌盡日愁無限。　思抱芳期隨塞雁，悔無深意傳雙燕。悵望一枝難寄遠。人不見，樓頭望斷相思眼。

玉樓春　二十九首

一　題上林後亭

風遲日媚烟光好，緑樹依依芳意早。年華容易即凋零，春色祇宜長恨少。　池塘隱隱驚雷曉，柳眼未開梅蕚小。尊前貪愛物華新，不道物新人漸老。

二

西亭飲散清歌闋，花外遲遲宮漏發。塗金燭引紫騮嘶，柳曲西頭歸路別。　佳辰祇恐幽期闊，密贈殷勤衣上結。翠屏魂夢莫相尋，禁斷六街清夜月。

【集評】

明·沈際飛《草堂詩餘續集》：『衣上結』，盡密贈之況。

三

春山斂黛低歌扇，暫解吴鈎登祖宴〔一〕。畫樓鐘動已魂銷，何況馬嘶芳草岸。青門〔二〕柳色隨人遠，望欲斷時腸已斷。洛城春色待君來，莫到落花飛似霰。

【注釋】

〔一〕祖宴：送别之宴會。

〔二〕青門：本指漢長安城東南門，因其門爲青色，故名。此借指汴都城門。

【集評】

明·沈際飛《草堂詩餘續集》：『隨人遠』，妙景。本自屈曲，而但見莊渾。

四

尊前擬把歸期説，未語春容先慘咽。人生自是有情痴，此恨不關風與月。

離歌且莫翻新闋，一曲能教腸寸結。直須看盡洛城花，始共春風容易別。

【集評】

明·沈際飛《草堂詩餘續集》：『風月』，特寄情，而非即情，語超然。

王國維《人間詞話》：永叔『人生自是有情痴，此恨不關風與月』『直須看盡洛城花，始與東風容易別』，于豪放之中有沉着之致，所以尤高。

五

洛陽正值芳菲節，穠艷清香相間發。游絲有意苦相縈，垂柳無端争贈別。杏花紅處青山缺，山畔行人山下歇。今宵誰肯遠相隨，惟有寂寥孤館月。

六

殘春一夜狂風雨，斷送紅飛花落樹。人心花意待留春，春色無情容易去。高樓把酒愁獨語，借問春歸何處所？暮雲空闊不知音，惟有緑楊芳草路。

七

常憶洛陽風景媚，烟暖風和添酒味。鶯啼宴席似留人，花出墻頭如有意。別來已隔千山翠，望斷危樓斜日墜。關心祇爲牡丹紅，一片春愁來夢裏。

八〔一〕

池塘水緑春微暖，記得玉真初見面。從頭歌韻響錚鏦，入破舞腰紅亂旋。　玉鈎簾下香階畔，醉後不知紅日晚。當時共我賞花人，點檢如今無一半。

【注釋】

〔一〕一作晏殊詞。

九

兩翁相遇逢佳節，正值柳綿飛似雪。便須豪飲敵青春，莫對新花羞白髮。　人生聚散如弦筈，老去風情尤惜別。大家金盞倒垂蓮，一任西樓低曉月。

十

西湖南北烟波闊，風裏絲簧聲韻咽。舞餘裙帶緑雙垂，酒入香腮紅一抹。杯深不覺琉璃滑，貪看六么花十八〔一〕。明朝車馬各西東，惆悵畫橋風與月。

【注釋】

〔一〕六么花十八：六么，又作『緑腰』，琵琶曲名。花十八：舞曲名。

【集評】

明·沈際飛《草堂詩餘續集》：『雙垂』，餘之態。『一抹』，入之神，秀令復工。

十一〔一〕

燕鴻過後春歸去，細算浮生千萬緒。來如春夢幾多時，去似朝雲無覓處。聞琴解佩神仙侶，挽斷羅衣留不住。勸君莫作獨醒人，爛醉花間應有數。

【注釋】

〔一〕一作晏殊詞。

十二

蝶飛芳草花飛路，把酒已嗟春色暮。當時枝上落殘花，今日水流何處去。樓前獨繞鳴蟬樹，憶把芳條吹暖絮。紅蓮綠芰亦芳菲，不奈金風兼玉露。

十三

別後不知君遠近，觸目淒涼多少悶。漸行漸遠漸無書，水闊魚沉何處問。夜深風竹敲秋韻，萬葉千聲皆是恨。故欹單枕夢中尋，夢又不成燈又燼。

【集評】

唐圭璋《唐宋詞簡釋》：此首寫別恨，兩句一意，次第顯然。分別是一恨。無書是一恨。夜聞風竹，又攪起一番離恨。而夢中難尋，恨更深矣。層層深入，句句沉着。

十四〔一〕

紅條約束瓊肌穩，拍碎香檀催急衮。隴頭嗚咽水聲繁，葉下間關鶯語近。

美人才子傳芳信，明月清風傷別恨。未知何處有知音，常爲此情留此恨。

【注釋】

〔一〕一作晏殊詞。

十五〔一〕

檀槽碎響金絲撥〔二〕，露濕潯陽江上月。不知商婦爲誰愁，一曲行人留夜發。

畫堂花月新聲別，紅蕊調長彈未徹。暗將深意祝膠弦，唯願弦弦無斷絶。

【注釋】

〔一〕一作張先詞。

〔二〕檀槽碎響金絲撥：彈奏琵琶之狀。檀槽，檀木所製樂器上架弦的槽格，指琵琶。金絲，即弦。

十六〔一〕

春葱指甲輕攏撚，五彩垂條雙袖捲。雪香濃透紫檀槽，胡語急隨紅玉腕。當頭一曲情何限，入破錚鏦金鳳戰。百分芳酒祝長春，再拜斂容擡粉面。

【注釋】

〔一〕一作晏殊詞。

十七

金花盞面紅烟透，舞急香茵隨步皺。青春才子有新詞，紅粉佳人重勸酒。也知自爲傷春瘦，歸騎休交銀燭候。擬將沉醉爲清歡，無奈醒來還感舊。

十八〔一〕

雪雲乍變春雲簇，漸覺年華堪送目。北枝梅蕊犯寒開，南浦波紋如酒緑。芳菲次第還相續，不奈情多無處足。尊前百計得春歸，莫爲傷春歌黛蹙。

【注釋】

〔一〕一作馮延巳詞。

十九　柳

黄金弄色輕于粉，濯濯春條如水嫩。爲緣力薄未禁風，不奈多嬌長似困。腰柔乍怯人相近，眉小未知春有恨。勸君着意惜芳菲，莫待行人攀折盡。

二十〔一〕

珠簾半下香銷印，二月東風催柳信。琵琶傍畔且尋思，鸚鵡前頭休借問。驚鴻過後生離恨，紅日長時添酒困。未知心在阿誰邊，滿眼淚珠言不盡。

【注釋】

〔一〕一作晏殊詞。

二十一

沉沉庭院鶯吟弄，日暖烟和春氣重。綠楊嬌眼爲誰回，芳草深心空自動。倚闌無語傷離鳳，一片風情無處用。尋思還有舊家心，蝴蝶時時來役夢。

二十二

去時梅萼初凝粉，不覺小桃風力損。梨花最晚又凋零，何事歸期無定準。闌干倚遍重來憑，泪粉偷將紅袖印。蜘蛛喜鵲〔一〕誤人多，似此無憑安足信。

【注釋】

〔一〕蜘蛛喜鵲：蜘蛛、喜鵲出現，即有喜事。漢·劉歆著，晉葛洪輯《西京雜記》卷三引陸賈對樊噲語：『乾鵲噪而行人至，蜘蛛集而百事喜。』

【集評】

俞平伯《唐宋詞選釋》：上片三折而下，作一句讀。

二十三 詞牌作轉調木蘭花

酒美春濃花世界，得意人人千萬態。莫教辜負艷陽天，過了堆金何處買。　已去少年無計奈，且願芳心長恁在。閑愁一點上心來，算得東風吹不解。

二十四

湖邊柳外樓高處，望斷雲山多少路。闌干倚遍使人愁，又是天涯初日暮。　輕無管繫狂無數，水畔花飛風裏絮。算伊渾似薄情郎，去便不來來便去。

【集評】

明·沈際飛《草堂詩餘續集》：問人何似冶游郎，疑信總妙。

二十五　一題作咏蝶

南園粉蝶能無數，度翠穿紅來復去。倡條冶葉〔一〕恣留連，飄蕩輕於花上絮。朱闌夜夜風兼露，宿粉棲香無定所。多情翻却似無情，贏得百花無限妒。

【注釋】

〔一〕倡條冶葉：楊柳婀娜多姿的枝葉。此指美麗多姿的花草樹木。

【集評】

明·潘游龍《古今詩餘醉》：詞最雋，可作咏蝶。

明·沈際飛《草堂詩餘續集》：蝶於花爲無情，曰『多情却似』，則世上濫好人有出脫矣，一笑。

二十六 子規

江南三月春光老，月落禽啼天未曉。露和啼血染花紅，恨過千家烟樹杪。雲垂玉枕屏山小，夢欲成時驚覺了。人心應不似伊心，若解思歸歸合早。

【集評】

明·潘游龍《古今詩餘醉》：末語比擬精當，且矯健。

二十七

東風本是開花信，及至花時風更緊。吹開吹謝苦匆匆，春意到頭無處問。把酒臨風千萬恨，欲掃殘紅猶未忍。夜來風雨轉離披，滿眼淒涼愁不盡。

二十八

陰陰樹色籠晴晝，清淡園林春過後。杏腮輕粉日催紅，池面綠羅風捲皺。佳人向晚新妝就，圓膩歌喉珠欲溜。當筵莫放酒杯遲，樂事良辰難入手。

二十九

芙蓉鬥暈燕支淺，留着晚花開小宴。畫船紅日曉風清，柳色溪光晴照暖。美人争勸梨花盞，舞困玉腰裙縷慢。莫交銀燭促歸期，已祝斜陽休更晚。

漁家傲 十二首

一

正月斗杓〔一〕初轉勢，金刀剪彩功夫异。稱慶高堂歡幼稚。看柳意，偏從東面春風至。十四新蟾圓尚未，樓前乍看紅燈試〔二〕。冰散緑池泉細細。魚欲戲，園林已是花天氣。

【注釋】

〔一〕斗杓：北斗斗柄三星。此句指春回大地。

〔二〕紅燈試：元宵節前張燈預賞，謂試燈。

二

二月春耕昌杏密，百花次第爭先出。惟有海棠梨第一。深淺拂，天生紅粉真無匹。　畫棟歸來巢未失，雙雙款語憐飛乙。留客醉花迎曉日。金盞溢，却憂風雨飄零疾。

三

三月清明天婉娩，晴川祓禊〔一〕歸來晚。况是踏青來處遠。猶不倦，鞦韆别閉深庭院。　更值牡丹開欲遍，酴醾壓架清香散。花底一尊誰解勸。增眷戀，東風回晚無情絆。

【注釋】

〔一〕祓禊：舊俗，三月三或濯于水濱，或秉火求福，以祓除不祥。

四

四月園林春去後，深深密幄陰初茂。折得花枝猶在手。香滿袖，葉間梅子青如豆。　風雨時時添氣候，成行新笋霜筠厚。題就送春詩幾首。聊對酒，櫻桃色照銀盤溜。

五

五月榴花妖艷烘，緑楊帶雨垂垂重。五色新絲纏角粽。金盤送，生綃畫扇盤雙鳳。　正是浴蘭〔一〕時節動，菖蒲酒美清尊共。葉裏黄鸝時一弄。猶鬖鬆，等閑驚破紗窗夢。

【注釋】

〔一〕浴蘭：舊俗，五月五用蘭草沐浴以避不祥。

六

六月炎天時霎雨，行雲涌出奇峰露。沼上嫩蓮腰束素。風兼露，梁王宫闕無煩暑。畏日亭亭殘蕙炷〔一〕，傍簾乳燕雙飛去。碧碗敲冰傾玉處。朝與暮，故人風快凉輕度。

【注釋】

〔一〕蕙炷：爐香。

七

七月新秋風露早，渚蓮尚拆庭梧老。是處瓜華時節〔一〕好。金尊倒，人間彩縷争祈巧。萬葉敲聲凉乍到，百蟲啼晚烟如掃。箭漏初長天杳杳。人語悄，那堪夜雨催清曉。

【注釋】

〔一〕瓜華時節：七夕。唐·陳鴻《長恨歌傳》：『牽牛織女相見之夕，秦人風俗，是夜張錦繡，陳飲食，樹瓜華，焚香于庭，號爲乞巧。』

八

八月秋高風歷亂，衰蘭敗芷紅蓮岸。皓月十分光正滿。清光畔，年年常願瓊筵看。社近愁看歸去燕，江天空闊雲容漫。宋玉當時情不淺。成幽怨，鄉關千里危腸斷。

九

九月霜秋秋已盡，烘林敗葉紅相映。惟有東籬黃菊盛。遺金粉〔一〕，人家簾幕重陽近。曉日陰陰晴未定，授衣時節〔二〕輕寒嫩。新雁一聲風又勁。雲欲凝，雁來應有吾鄉信。

【注釋】

〔一〕金粉：黃色花粉，指菊花。

〔二〕授衣時節：九月。《詩經·豳風·七月》：『九月授衣。』毛傳：『九月霜始降，婦功成，可以授冬衣矣。』

十

十月小春梅蕊綻，紅爐畫閣新裝遍。鴛帳美人貪睡暖。梳洗懶，玉壺一夜輕澌滿。　樓上四垂簾不捲，天寒山色偏宜遠。風急雁行吹字斷。紅日晚，江天雪意雲撩亂。

【集評】

明·沈際飛《草堂詩餘正集》：山不近而遠，而風致猶可掬，作詩詞者那能捨却山水。

俞陛雲《唐五代兩宋詞選釋》：後闋狀江山寒色，足當『清遠』二字。

十一

十一月新陽排壽宴，黄鐘應管[一]添宮綫。獵獵寒威雲不捲。風頭轉，時看雪霰吹人面。　南至迎長知漏箭，書雲紀候[二]冰生研。臘近探春春尚遠。閑庭院，梅花落盡千千片。

【注釋】

[一]黄鐘應管：黄鐘，十二樂律之一。十一月仲冬，律中黄鐘。

[二]書雲紀候：冬至日觀雲占候並加以記録，以斷來年吉凶。上句南至即指冬至。《文心雕龍·書記》：『星辰飛伏，伺候乃見，精觀書云，故曰占也。』

十二

十二月嚴凝天地閉，莫嫌臺榭無花卉。惟有酒能欺雪意。增豪氣，直教耳熱笙歌沸。隴上雕鞍惟數騎，獵圍半合新霜裹。霜重鼓聲寒不起。千人指，馬前一雁寒空墜。

【集評】

清·曹貞吉《珂雪詞·蝶戀花》詞序：讀《六一集》十二月鼓子詞，嫌其過于富麗。吾輩爲之，正不妨作酸餡語耳。閑中試筆，即以故鄉風物譜之。

漁家傲 十二首

一

正月新陽生翠琯，花苞柳綫春猶淺。簾幕千重方半捲。池冰泮，東風吹水琉璃軟。漸好憑闌醒醉眼，隴梅暗落芳英斷。初日已知長一綫。清宵短，夢魂怎奈珠宮遠。

二

二月春期看已半，江邊春色青猶短。天氣養花紅日暖。深深院，真珠簾額初飛燕。漸覺銜杯心緒懶，酒侵花臉嬌波慢。一捻閑愁無處遣。牽不斷，游絲百尺隨風遠。

三

三月芳菲看欲暮，胭脂泪灑梨花雨。寶馬繡軒南陌路。笙歌舉，踏青鬥草人無數。强欲留春春不住，東皇肯信韶容故。安得此身如柳絮。隨風去，穿簾透幕尋朱户。

四

四月芳林何悄悄，緑陰滿地青梅小。南陌採桑何窈窕。争語笑，亂絲滿腹吴蠶老。宿酒半醒新睡覺，雛鶯相語匆匆曉。惹得此情縈寸抱。休臨眺，樓頭一望皆芳草。

五

五月薰風才一信，初荷出水清香嫩。乳燕學飛簾額峻。誰借問，東鄰期約嘗佳醞。漏短日長人乍困，裙腰減盡柔肌損。一撮眉尖千疊恨。慵整頓，黄梅雨細多閑悶。

六

六月炎蒸何太盛，海榴灼灼紅相映。天外奇峰千掌迥。風影定，漢宫圓扇初成咏。珠箔初褰深院静，絳綃衣窄冰膚瑩。睡起日高堆酒興。厭厭病，宿酲和夢何時醒。

七

七月芙蓉生翠水，明霞拂臉新妝媚。疑是楚宫歌舞妓。争寵麗，臨風起舞誇腰細。烏鵲橋邊新雨霽，長河清水冰無地。此夕有人千里外。經年歲，猶嗟不及牵牛會。

八

八月微凉生枕簟，金盤露洗秋光淡。池上月華開寶鑒〔一〕。波瀲灩，故人千里應憑檻。蟬樹無情風苒苒，燕歸碧海珠簾掩。沈臂冒霜潘鬢减〔二〕。愁黯黯，年年此夕多悲感。

【注釋】

〔一〕寶鑒：寶鏡。此謂池面如鏡。

〔二〕沈臂冒霜潘鬢减：如沈約之臂瘦、潘岳之鬢白。《梁書·沈約傳》：『（約）與徐勉素善，遂以書陳情于勉曰：「……後差不及前差，後劇必甚前劇，百日數旬，革帶常應移孔，以手握臂，率計月小半分。以此推算，豈能支久？」』潘岳《秋興賦序》：『余春秋三十有二，始見二毛。』

九

九月重陽還又到，東籬菊放金錢小。月下風前愁不少。誰語笑，吴娘搗練腰肢裊。　槁葉半軒慵更掃，憑闌豈是閑臨眺。欲向南雲新雁道。休草草，來時覓取伊消耗。

十

十月輕寒生晚暮，霜華暗捲樓南樹。十二闌干堪倚處。聊一顧，亂山衰草還家路。　悔別情懷多感慕，胡笳不管離心苦。猶喜清宵長數鼓。雙繡户，夢魂儘遠還須去。

十一

律應黃鐘寒氣苦，冰生玉水雲如絮。千里鄉關空倚慕。無尺素，雙魚不食南鴻渡。　把酒遣愁愁已去，風摧酒力愁還聚。却憶獸爐追舊處。頭懶舉，爐灰剔盡痕無數。

十二

臘月年光如激浪，凍雲欲折寒根向。謝女雪詩〔一〕真絕唱。無比況，長堤柳絮飛來往。　便好開尊誇酒量，酒闌莫遣笙歌放。此去青春都一餉。休悵望，瑶林即日堪尋訪。

【注釋】

〔一〕謝女雪詩：謝女，謝道韞，謝安侄女，王凝之妻。《世説新語·言語》：『謝太傅寒雪日内集，與兒女講論文義。俄而雪驟，公欣然曰：「白雪紛紛何所似？」兄子胡兒曰：「撒鹽空中差可擬。」兄女曰：「未若柳絮因風起。」公大笑樂。』

南歌子

鳳髻金泥帶，龍紋玉掌梳。走來窗下笑相扶。愛道畫眉深淺、入時無。

弄筆偎人久，描花試手初。等閑妨了繡功夫。笑問雙鴛鴦字、怎生書。

【集評】

明·潘游龍《古今詩餘醉》：首寫態，後描情，各盡其妙。

清·賀裳《皺水軒詞筌》：詞家須使讀者如身履其地，親見其人，方爲蓬山頂上。……歐陽公『弄筆偎人久，描花初手試』、無名氏『照人無奈月華明，潛身却恨花陰淺』……真覺儼然如在目前，疑于化工之筆。

御街行〔一〕

夭非華艷輕非霧。來夜半、天明去。來如春夢不多時，去似朝雲何處。乳鷄酒燕，落星沉月，紞紞城頭鼓。參差漸辨西池樹。朱閣斜欹户。綠苔深徑少人行，苔上屐痕無數。遺香餘粉，剩衾閑枕，天把多情賦。

【注釋】

〔一〕一作張先詞。

【集評】

清·張德瀛《詞徵》卷一：白太傅《花非花》詞：『來如春夢不多時，去似朝雲無覓處。』此二語歐陽永叔用之，張子野《御階行》、毛平仲《玉樓春》亦用之。

桃源憶故人　二首

一

梅梢弄粉香猶嫩。欲寄江南春信〔一〕。别後寸腸縈損。説與伊争穩。小爐獨守寒灰燼。忍泪低頭畫盡。眉上萬重新恨。竟日無人問。

【注釋】

〔一〕江南春信：《太平御覽》卷九百七十引盛弘之《荆州記》：『陸凱與范曄相善，自江南寄梅花一枝，詣長安與曄。並詩曰：「折花逢驛使，寄與隴頭人。江南無所有，聊贈一枝春。」』

二

鶯愁燕苦春歸去。寂寂花飄紅雨。碧草緑楊岐路。况是長亭暮。少年行客情難訴。泣對東風無語。目斷兩三烟樹。翠隔江淹浦。

臨江仙〔一〕二首

一

柳外輕雷池上雨，雨聲滴碎荷聲。小樓西角斷虹明。闌干倚處，待得月華生。　燕子飛來窺畫棟，玉鈎垂下簾旌。涼波不動簟紋平。水精雙枕，傍有墮釵横。

【注釋】

〔一〕此闋錢世昭《錢氏私志》云：『歐陽文忠公任河南推官，親一妓。時先文僖（錢惟演）罷政，爲西京留守，梅聖俞、謝希深、尹師魯同在幕下。惜歐有才無行，共白于公，屢微諷而不之恤。一日，宴于後圃，客集而歐與妓俱不至，移時方來，在坐相視以目。公責妓云：「末至何也？」妓云：「中暑，往凉堂睡着，覺而失金釵，猶未見。」公曰：「若得歐陽推官一詞，當爲賞汝。」歐即席云：「柳外輕雷池上雨……」坐皆稱善。遂命妓滿酌賞歐，而令公庫償其失釵。咸謂歐當少戢，不惟不恤，翻以爲怨。後修《五代史·十國世家》，痛毁吴越。又于《歸田録》中説先文僖數事，皆非美談。』

【集評】

明·沈際飛《草堂詩餘正集》：雨忽虹，虹忽月，夏景爾爾，拈筆不同。玩末句風韻，直當凌厲秦、黄，一金釵曷足以償之。

清·王闓運《湘綺樓評詞》：原鈔作『窺畫棟』，垂簾矣，何得始窺？且此寫閨人睡景，非狎語也，豈有自嘲自狀之人。因垂簾不能歸棟，故窺也。

一二（一）

記得金鑾同唱第，春風上國繁華。如今薄宦老天涯。十年歧路，空負曲江花。　聞説閬山通閬苑，樓高不見君家。孤城寒日等閑斜。離愁難盡，紅樹遠連霞。

【注釋】

〔一〕此闋釋文瑩《湘山野録》云：『歐陽公頃謫滁州，一同年將赴閬倅，因訪之，即席爲一曲，歌以送曰：「記得金鑾同唱第……」其飄逸清遠，皆白之品流也。公不幸晚爲憸人構淫艷數曲射之，以成其毀。予皇祐中都下已聞此闋，歌于人口者二十年矣。』

聖無憂

世路風波險，十年一別須臾〔一〕。人生聚散長如此，相見且歡娛。好酒能消光景，春風不染髭鬚。爲公一醉花前倒，紅袖莫來扶。

【注釋】

〔一〕十年一別須臾：指宋仁宗慶曆五年（一〇四五），歐陽修被貶滁州，至和元年（一〇五四），又回汴京充史館修撰之事。

浪淘沙 五首

一

把酒祝東風。且共從容。垂楊紫陌洛城東。總是當時携手處，游遍芳叢。聚散苦匆匆。此恨無窮。今年花勝去年紅。可惜明年花更好，知與誰同。

【集評】

清・黄蘇《蓼園詞選》：按末二句憂盛危明之意，持盈保泰之心，在天道則虧盈益謙之理，俱可悟得。大有理趣，却不庸腐。粹然儒者之言，令人玩味不盡。

俞陛雲《唐五代兩宋詞選釋》：因惜花而懷友，前歡寂寂，後會悠悠，至情語以一氣揮寫，可謂深情如水，行氣如虹矣。

二

花外倒金翹。飲散無憀。柔桑蔽日柳迷條。此地年時曾一醉，還是春朝。今日舉輕橈。帆影飄飄。長亭回首短亭遥。過盡長亭人更遠，特地魂銷。

三

五嶺麥秋殘〔一〕。荔子初丹。絳紗囊裹水晶丸。可惜天教生處遠，不近長安。往事憶開元。妃子偏憐〔二〕。一從魂散馬嵬關。祇有紅塵無驛使，滿眼驪山。

【注釋】

〔一〕五嶺：指大庾、越城、騎田、萌渚、都龐五嶺。見《漢書·張耳傳》顏師古注引鄧德明《南康記》。

〔二〕妃子偏憐：《新唐書·楊貴妃傳》：『妃嗜荔支，必欲生致之，乃置騎傳送，走數千里，味未變已至京師。』

【集評】

清・馮金伯輯《詞苑萃編》卷二十三：詩餘荔子之咏，作者既少，遂無擅長。獨歐陽公《浪淘沙》一首，稍存感慨悲凉耳。

四

萬恨苦綿綿。舊約前歡。桃花溪畔柳陰間。幾度日高春睡重，繡户深關。　樓外夕陽閑。獨自憑闌。一重水隔一重山。水闊山高人不見，有淚無言。

五

今日北池游。漾漾輕舟。波光瀲灧柳條柔。如此春來春又去，白了人頭。　好妓好歌喉。不醉難休。勸君滿滿酌金甌。縱使花時常病酒，也是風流。

定風波 六首

一

把酒花前欲問他，對花何吝醉顏酡。春到幾人能爛賞？何況，無情風雨等閑多。　艷樹香叢都幾許？朝暮，惜紅愁粉奈情何。好是金船浮玉浪，相向，十分深送一聲歌。

二

把酒花前欲問伊，忍嫌金盞負春時。紅艷不能旬日看，宜算，須知開謝衹相隨。　蝶去蝶來猶解戀，難見，回頭還是度年期。莫候飲闌花已盡，方信，無人堪與補殘枝。

三

把酒花前欲問公，對花何事訴金鍾。爲問去年春甚處，虛度，鶯聲撩亂一場空。今歲春來須愛惜，難得，須知花面不長紅。待得酒醒君不見，千片，不隨流水即隨風。

四

把酒花前欲問君，世間何計可留春。縱使青春留得住，虛語，無情花對有情人。任是好花須落去，自古，紅顔能得幾時新。暗想浮生何事好，唯有，清歌一曲倒金尊。

五

過盡韶華不可添，小樓紅日下層簷。春睡覺來情緒惡，寂寞，楊花繚亂拂珠簾。早是閑愁依舊在，無奈，那堪更被宿酲兼。把酒送春惆悵甚，長恁，年年三月病厭厭。

六

對酒追歡莫負春，春光歸去可饒人。昨日紅芳今緑樹，已暮，殘花飛絮兩紛紛。粉面麗姝歌窈窕，清妙，尊前信任醉醺醺。不是狂心貪燕樂，自覺，年來白髮滿頭新。

驀山溪

新正初破，三五銀蟾滿。纖手染香羅，剪紅蓮、滿城開遍。樓臺上下，歌管咽春風，駕香輪，停寶馬，衹待金烏晚。帝城今夜，羅綺誰爲伴。應卜紫姑神〔一〕，問歸期、相思望斷。天涯情緒，對酒且開顔，春宵短。春寒淺。莫待金杯暖。

【注釋】

〔一〕紫姑神：傳説厠神名。相傳爲人家妾，爲大婦所嫉，每以穢事相役。正月十五日激憤而死。天帝憐憫之，命爲厠神。舊俗每于元宵在厠中祀之，並迎以扶乩。見《顯異録》、劉敬叔《異苑》、宗懍《荆楚歲時記》。

浣溪沙 九首

一

雲曳香綿彩柱高。絳旗風颭出花梢。一梭紅帶往來抛。束素〔一〕

美人羞不打，却嫌裙慢褪纖腰。日斜深院影空摇。

【注釋】

〔一〕束素：喻女子腰肢細柔。宋玉《登徒子好色賦》：『腰如束素，齒如含貝。』

【集評】

明·沈際飛《草堂詩餘續集》：實粘鞦韆，紆回焕眩。

二

堤上游人逐畫船。拍堤春水四垂天。綠楊樓外出鞦韆。　白髮戴花君莫笑，六么催拍盞頻傳。人生何處似尊前。

【集評】

明·楊慎《楊氏批點草堂詩餘》：不惟調句宛藻，而造理甚微，足唤醒人。

清·黃蘇《蓼園詞選》：按第一闋寫世上兒女多少得意歡娱，第二闋『白髮』句寫老成意趣，自在衆人喧嚣之外，末句寫得無限悽愴沉鬱，妙在含蓄不盡。

王國維《人間詞話》：歐九《浣溪沙》詞『綠楊樓外出鞦韆』，晁補之謂『祇一出字，使後人所不能道』。余謂此本於正中《上行杯》詞『柳外鞦韆出畫墻』，但歐語尤工耳。

三

湖上朱橋響畫輪。溶溶春水浸春雲。碧瑠璃滑净無塵。當路游絲縈醉客，隔花啼鳥喚行人。日斜歸去奈何春。

【集評】

清·黄蘇《蓼園詞選》：沈際飛曰：『人謂永叔不能作麗語，如「隔花」句，「海棠經」兩句，非麗語耶？」按『奈何春』三字，從『縈』字、『喚』字生來。『縈』字、『喚』字，下得有情，而『奈何』字，自然脱口而出，不拘是比是賦，讀之亹亹情長。

俞陛雲《唐五代兩宋詞選釋》：上闋寫水畔春光明媚，風景宛然；下闋言嬉春之『醉客』『行人』，營營擾擾，而『游絲』『啼鳥』，復作意撩人，在冷眼觀之，徒喚奈何，惟有『日斜歸去』耳。

四

葉底青青杏子垂。枝頭薄薄柳綿飛。日高深院晚鶯啼。堪恨風流成薄倖，斷無消息道歸期。托腮無語翠眉低。

五

青杏園林煮酒香。佳人初着薄羅裳。柳絲摇曳燕飛忙。乍雨乍晴花自落，閑愁閑悶晝偏長。爲誰消瘦損容光。

六

紅粉佳人白玉杯。木蘭船〔一〕穩棹歌催。緑荷風裏笑聲來。細雨輕烟籠草樹，斜橋曲水繞樓臺。夕陽高處畫屏開。

【注釋】

〔一〕木蘭船：木蘭樹製成的船，謂船華美。《太平廣記》卷四百六：『七里洲中，有魯班刻木蘭爲舟，舟至今在洲中，詩家所云木蘭舟，出于此也。木蘭舟在潯陽江中，多木蘭樹，昔吴王闔閭植木蘭于此，用構宫殿也。』

七

翠袖嬌鬟舞《石州》〔一〕。兩行紅粉一時羞。新聲難逐管弦愁。白髮主人年未老，清時賢相望偏優。一尊風月爲公留。

【注釋】

〔一〕《石州》：舞曲名。《樂府詩集·石州》郭茂倩題解：『《石州》，商調曲也，又有《舞石州》。』

八

燈燼垂花月似霜。薄簾映月兩交光。酒醺紅粉自生香。雙手舞餘拖翠袖，一聲歌已釂金觴。休回嬌眼斷人腸。

九

十載相逢酒一卮。故人纔見便開眉。老來游舊更同誰。浮世歌歡真易失，宦途離合信難期。尊前莫惜醉如泥。

御帶花

青春何處風光好，帝里偏愛元夕。萬重繒彩〔一〕，構一屏峰嶺，半空金碧。寶檠銀釭〔二〕，耀絳幕、龍虎騰擲。沙堤遠，雕輪繡轂，爭走五王宅〔三〕。雍容熙熙作晝，會樂府神姬，海洞仙客。拽香搖翠，稱執手行歌，錦街天陌。月淡寒輕，漸向曉，漏聲寂寂。當年少、狂心未已，不醉怎歸得。

【注釋】

〔一〕繒彩：彩色繒帛。

〔二〕寶檠銀釭：帶柄的銀燈。

〔三〕五王宅：《新唐書·睿宗諸子傳》：『初，帝五子列第東都積善坊，號「五王子宅」。及賜第上都隆慶坊，亦號「五王宅」。』此指帝子府。

虞美人

爐香晝永龍烟白，風動金鸞額。畫屏寒掩小山川，睡容初起枕痕圓，墜花鈿。

樓高不及烟霄半，望盡相思眼。艷陽剛愛挫愁人，故生芳草碧連雲，怨王孫。

鶴沖天

梅謝粉，柳拖金，香滿舊園林。養花天氣半晴陰，花好却愁深。

花無數，愁無數，花好却愁春去。戴花持酒祝東風，千萬莫匆匆。

夜行船 二首

一

憶昔西都歡縱。自別後、有誰能共。伊川山水洛川花，細尋思、舊游如夢。

今日相逢情愈重。愁聞唱、畫樓鐘動。白髮天涯逢此景，倒金尊、殢誰相送。

二

滿眼東風飛絮。催行色、短亭春暮。落花流水草連雲，看看是、斷腸南浦。檀板未終人去去。扁舟在、綠楊深處。手把金尊難爲別，更那聽、亂鶯疏雨。

【集評】清·陳廷焯《詞則·别调集》卷一：（滿眼東風飛絮）尋常意寫得如此濃至。『看看是』三字，咄咄逼人，情景兼到。

洛陽春

紅紗未曉黄鸝語，蕙爐銷蘭炷。錦屏羅幕護春寒，昨夜三更雨。繡簾閑倚吹輕絮，斂眉山無緒。看花拭泪向歸鴻，問來處、逢郎否？

雨中花

千古都門行路，能使離歌聲苦。送盡行人，花殘春晚，又到君東去。醉藉落花吹暖絮，多少曲堤芳樹。且携手留連，良辰美景，留作相思處。

越溪春

三月十三寒食日，春色遍天涯。越溪閬苑繁華地，傍禁垣、珠翠烟霞〔一〕。紅粉墻頭，鞦韆影裏，臨水人家。歸來晚駐香車。銀箭透窗紗。有時三點兩點雨霽，朱門柳細風斜。沉麝不燒金鴨冷〔二〕，籠月照梨花。

【注釋】

〔一〕傍禁垣、珠翠烟霞：禁垣，宫墻。珠翠，借指盛裝女子。烟霞，即雲霞，指游人衆多。

〔二〕沉麝不燒金鴨冷：沉麝，即沉香和麝香，此指用沉香、麝香製成的香。金鴨，金屬製的鴨形香爐。

賀聖朝影

白雪梨花紅粉桃，露華高。垂楊慢舞緑絲縧，草如袍。風過小池輕浪起，似江皋。千金莫惜買香醪，且陶陶。

【集評】

明·沈際飛《草堂詩餘續集》：綠條青袍，一副春色。

洞天春

鶯啼綠樹聲早，檻外殘紅未掃。露點真珠遍芳草，正簾幃清曉。鞦韆宅院悄悄。又是清明過了。燕蝶輕狂，柳絲撩亂，春心多少。

憶漢月

紅艷幾枝輕裊，新被東風開了。倚烟啼露爲誰嬌，故惹蝶憐蜂惱。多情游賞處，留戀向、緑叢千繞。酒闌歡罷不成歸，腸斷月斜春老。

清平樂

小庭春老，碧砌紅萱草。長憶小闌閑共繞，携手緑叢含笑。別來音信全乖，舊期前事堪猜。門掩日斜人静，落花愁點青苔。

凉州令

東堂石榴

翠樹芳條颭〔一〕。的的〔二〕裙腰初染。佳人携手弄芳菲，緑陰紅影，共展雙紋簟。插花照影窺鸞鑒〔三〕。衹恐芳容減。不堪零落春晚，青苔雨後深紅點。一去門閑掩。重來却尋朱檻。離離秋實弄輕霜，嬌紅脉脉，似見胭脂臉。人非事往眉空斂。誰把佳期賺。芳心祇願長依舊，春風更放明年艷。

【注釋】

〔一〕颭：飄動、摇動貌。

〔二〕的的：光亮、鮮明貌。

〔三〕鸞鑒：鸞鏡。

【集評】

明·沈際飛《草堂詩餘續集》：始終詳婉，不以爲纖。

南鄉子 二首

一

翠密紅繁，水國凉生未是寒。雨打荷花珠不定，輕翻。冷潑鴛鴦錦翅斑。　畫日憑闌，弄蕊拈花仔細看。偷得裹蹄新鑄樣，無端。藏在紅房艷粉間。

二

雨後斜陽，細細風來細細香。風定波平花映水，休藏。照出輕盈半面妝。　路隔秋江，蓮子深深隱翠房。意在蓮心無問處，難忘。泪裛紅腮不記行。

【集評】

明·沈際飛《草堂詩餘續集》：詩中有雙關二意，其法乃比之變。比本用事，一變而用意，再變而用聲。或有比事比意更比聲者。此比事比意若何？曰藕幾時蓮，更比聲。

鵲橋仙

月波清霽，烟容明淡，靈漢舊期還至。鵲迎橋路接天津，映夾岸、星榆點綴。雲屏未捲，仙鷄催曉，腸斷去年情味。多應天意不教長，恁恐把、歡娛容易。

聖無憂

珠簾捲，暮雲愁。垂楊暗鎖青樓。烟雨濛濛如畫，輕風吹旋收。　香斷錦屏新別，人閑玉簟初秋。多少舊歡新恨，書杳杳、夢悠悠。

摸魚兒

捲繡簾、梧桐秋院落，一霎雨添新緑。對小池閑立殘妝淺，向晚水紋如縠〔一〕。凝遠目，恨人去寂寂，鳳枕孤難宿。倚闌不足。看燕拂風簷，蝶翻露草，兩兩長相逐。　雙眉促，可惜年華婉娩〔二〕，西風初弄庭菊。況伊家年少，多情未已難拘束。那堪更趁涼景，追尋甚處垂楊曲。佳期過盡，但不説歸來，多應忘了，雲屏去時祝。

【注釋】

〔一〕縠：皺紗。

〔二〕婉娩：亦作婉晚，遲暮。

少年游 三首

一

去年秋晚此園中，携手玩芳叢。拈花嗅蕊，惱烟撩霧，拚醉倚西風。今年重對芳叢處，追往事、又成空。敲遍闌干，向人無語，惆悵滿枝紅。

二

肉紅圓樣淺心黃，枝上巧如裝。雨輕烟重，無憀天氣，啼破曉來妝。寒輕貼體風頭冷，忍拋棄、向秋光。不會深心，爲誰惆悵，回面恨斜陽。

三

玉壺冰瑩獸爐灰，人起繡簾開。春叢一夜，六花開盡，不待剪刀催。洛陽城闕中天起，高下遍樓臺。絮亂風輕，拂鞍霑袖，歸路似章街。

鷓鴣天

學畫宮眉細細長。芙蓉出水鬥新妝。祇知一笑能傾國，不信相看有斷腸。雙黃鵠，兩鴛鴦。迢迢雲水恨難忘。早知今日長相憶，不及從初莫作雙。

千秋歲 二首

一

羅衫滿袖，盡是憶伊淚。殘妝粉，餘香被。手把金尊酒，未飲先如醉。但向道，厭厭成病皆因你。　離思迢迢遠，一似長江水。去不斷，來無際。紅箋着意寫，不盡相思意。爲個甚，相思祇在心兒裏。

二

畫堂人靜，翡翠簾前月。鸞帷鳳枕虛鋪設。風流難管束，一去音書歇。到而今，高梧冷落西風切。　未語先垂淚，滴盡相思血。魂欲斷，情難絶。都來些子事，更與何人說。爲個甚，心頭見底多離別。

醉蓬萊〔一〕

見羞容斂翠，嫩臉勻紅，素腰裊娜。紅藥闌邊，惱不教伊過。半掩嬌羞，語聲低顫，問道有人知麽。强整羅裙，偷回波眼，佯行佯坐。更問假如，事還成後，亂了雲鬟，被娘猜破。我且歸家，你而今休呵。更爲娘行，有些針綫，誚未曾收囉。却待更闌，庭花影下，重來則個。

【注釋】

〔一〕此闋沈雄《古今詞話》引《名臣録》云：『仁宗景祐中，歐陽修爲館閣校理。兩宫之隙，奏事簾前，復主濮議，舉朝倚重。後知貢舉，爲下第劉煇等所忌，以《醉蓬萊》《望江南》誣之。』

于飛樂〔一〕

寶奩開，美鑒静，一掬清蟾。新妝臉，旋學花添。蜀紅衫，雙繡蝶、裙縷鶼鶼〔二〕。尋思前事，小屏風、仍畫江南。怎空教、草解宜男〔三〕。柔桑密、又過春蠶。正陰晴天氣，更暝色相兼。佳期消息，曲房西、碎月篩簾。

【注釋】

〔一〕一作張先詞。

〔二〕鶼鶼：比翼鳥。《爾雅·釋地》：『南方有比翼鳥焉，不比不飛，其名謂之鶼鶼。』

〔三〕宜男：萱草，亦稱宜男草。杜光庭《録異記》：『婦人帶宜男草，生兒。』

鼓笛慢

縷金裙窣輕紗，透紅瑩玉真堪愛。多情更把，眼兒斜盻，眉兒斂黛。舞態歌闌，困偎香臉，酒紅微帶。便直饒、更有丹青妙手，應難寫、天然態。

長恐有時不見，每饒伊、百般嬌騃。眼穿腸斷，如今千種，思量無奈。花謝春歸，夢回雲散，欲尋難再。暗消魂，但覺鴛衾鳳枕，有餘香在。

看花回

曉色初透東窗，醉魂方覺。戀戀繡衾半擁，動萬感脉脉，春思無托。追想少年，何處青樓貪歡樂。當媚景，恨月愁花，算伊全妄鳳幃約。空泪滴、真珠暗落，又被誰、連宵留着。不曉高天甚意，既付與風流，却恁情薄。細把身心自解，衹與猛拚却。又及至、見來了，怎生教人惡。

蝶戀花　四首

一

幾度蘭房聽禁漏，臂上殘妝，印得香盈袖。酒力融融香汗透，春嬌入眼横波溜。不見些時眉已皺。水闊山遥，乍向分飛後。大抵有情須感舊，肌膚拚爲伊銷瘦。

二　咏枕兒

寶琢珊瑚山樣瘦。緩髻輕攏，一朵雲生袖。昨夜佳人初命偶，論情旋旋移相就。　幾疊鴛衾紅浪皺。暗覺金釵，磔磔聲相扣。一自楚臺人夢後，凄凉暮雨霑裀繡。

三

一掬天和金粉膩。蓮子心中，自有深深意。意密蓮深秋正媚，將花寄恨無人會。　橋上少年橋下水。小棹歸時，不語牽紅袂。浪淺荷心圓又碎，無端欲伴相思泪。

四

百種相思千種恨。早是傷春，那更春醪困。薄幸辜人終不憤，何時枕畔分明問。　懊惱風流心一寸。强醉偷眠，也即依前悶。此意爲君君不信，泪珠滴盡愁難盡。

武陵春

寶幄〔一〕華燈相見夜，妝臉小桃紅。斗帳香檀翡翠籠，携手恨匆匆。　金泥雙結同心帶，留與記情濃。却望行雲十二峰〔二〕，腸斷月斜鐘。

【注釋】

〔一〕寶幄：珍貴、精美的帳子。

〔二〕十二峰：巫山十二峰。據陳耀文《天中記》載，即望霞、翠屏、朝雲、松巒、集仙、聚鶴、净壇、上昇、起雲、飛鳳、登龍、聖泉。名有異説，見刘壎《隱居通議》等。

梁州令

紅杏墻頭樹，紫萼香心初吐。新年花發舊時枝，徘徊千繞，獨共東風語。陽臺一夢如雲雨，爲問今何處？離情別恨多少，條條結向垂楊縷。此事難分付，初心本誰先許。竊香解佩兩沉沉，知他而今，記得當初否？誰教薄倖輕相誤，不信道、相思苦。如今却恁空追悔，元來也會憶人去。

漁家傲 五首

一

爲愛蓮房都一柄，雙苞雙蕊雙紅影。雨勢斷來風色定，秋水静，仙郎彩女臨鸞鏡。妾有容華君不省，花無恩愛猶相並。花却有情人薄倖，心耿耿，因花又染相思病。

二

昨日採花花欲盡，隔花聞道潮來近。風獵紫荷聲又緊，低難奔，蓮莖刺惹香腮損。一縷艷痕紅隱隱，新霞點破秋蟾暈。羅袖挹殘心不穩，羞人問，歸來剩把胭脂襯。

三

一夜越溪秋水滿，荷花開過溪南岸。貪採嫩香星眼〔一〕慢，疏回眄，郎船不覺來身畔。罷採金英〔二〕收玉腕，回身急打船頭轉。荷葉又濃波又淺，無方便，教人祇得擡嬌面。

【注釋】

〔一〕星眼：女子明亮的眼睛。
〔二〕金英：金色蓮花。盧藏用有詩云：『寶葉擎千座，金英漬百盂。』

四

近日門前溪水漲，郎船幾度偷相訪。船小難開紅斗帳，無計向，合歡影裏空惆悵。　願妾身爲紅菡萏，年年生在秋江上。重願郎爲花底浪，無隔障，隨風逐雨長來往。

五

妾解清歌並巧笑，郎多才俊兼年少。何事抛兒行遠道，無音耗，江頭又緑王孫草。　昔日採花呈窈窕，玉容長笑花枝老。今日採花添懊惱，傷懷抱，玉容不及花枝好。

一斛珠

今朝祖宴，可憐明夜孤燈館。酒醒明月空床滿，翠被重重，不似香肌暖。　愁腸恰似沉香篆，千回萬轉縈還斷。夢中若得相尋見，却願春宵，一夜如年遠。

惜芳時

因倚蘭臺翠雲嚲〔一〕，睡未足、雙眉尚鎖。潛身走向伊行坐，孜孜地、告他梳裹。　發妝酒冷重温過，道要飲、除非伴我。丁香嚼碎偎人睡，猶記恨、夜來些個。

【注釋】

〔一〕翠雲鞾：翠雲，美人烏黑之髮；鞾，下垂貌。

洞仙歌令 二首

一

樓前亂草，是離人方寸。倚遍闌干意無盡。羅巾掩，宿粉殘眉香未減，人與天涯共遠。香閨知人否？長是厭厭，擬寫相思寄歸信。未寫了，泪成行、早滿香箋，相思字、一時滴損。便直饒、伊家總無情，也拚了一生，爲伊成病。

二

情知須病，奈自家先肯。天甚教伊恁端正。憶年時、蘭棹獨倚春風，相憐處、月影花光相映。　別來憑誰訴，空寄香箋，擬問前歡甚時更。後約與新期，易失難尋，空腸斷、損風流心性。除祇把、芳尊强開顔，奈酒到愁腸，醉了還醒。

鵲踏枝

一曲尊前開畫扇，暫近還遥，不語仍低面。直至情多緣少見，千金不直雙回眄。　苦恨行雲容易散，過盡佳期，争向年芳晚。百種尋思千萬遍，愁腸不似情難斷。

品令

漸素景〔一〕，金風勁，早是凄涼孤冷。那堪聞、蛩吟穿金井〔二〕，喚愁緒難整。

懊惱人人薄倖，負雲期雨信。終日望伊來，無憑準，悶損我、也不定。

【注釋】

〔一〕素景：秋景。古代五行，秋屬金，其色白，曰素秋。杜甫有『萬里風烟接素秋』之句。

〔二〕蛩吟穿金井：蛩，蟋蟀；金井，井欄上有華美雕飾的井。

燕歸梁 二首

一〔一〕

風擺紅藤捲繡簾，寶鑒慵拈。日高梳洗幾時忺〔二〕，金盆水、弄纖纖。　髻雲謾嚲殘花淡，和嬌媚、疲岩岩。離情更被宿酲兼，空惹得、病厭厭。

【注釋】

〔一〕一作杜安世詞。

〔二〕忺：適意。

二

屏裏金爐帳外燈，掩春睡騰騰。綠雲堆枕亂鬅鬙〔一〕，猶依約、那回曾。人生少有，相憐到老，寧不被天憎。而今前事總無憑，空贏得、瘦稜稜。

【注釋】

〔一〕鬅鬙：頭髮散亂貌。

聖無憂

相别重相遇，恬如一夢須臾。尊前今日歡娱事，放盞旋成虚。莫惜斗量珠玉，隨他雪白髭鬚。人間長久身難得，鬥在不如吾。

錦香囊

一寸相思無着處，甚夜長難度。燈花前、幾轉寒更，桐葉上、數聲秋雨。真個此心終難負，況少年情緒。已交共、春繭纏綿，終不學、鈿箏移柱〔一〕。

【注釋】

〔一〕鈿箏移柱：鈿箏，用金寶鑲嵌的箏；柱，箏上繫弦的木塊，調整弦時需移動。此句謂變心。

繫裙腰

水軒簷幕透薰風。銀塘外、柳烟濃。方床遍展魚鱗簟，碧紗籠。小屏面，對芙蓉。玉人共處雙鴛枕，和嬌困、睡朦朧。起來意懶含羞態，汗香融。繫裙腰，映酥胸。

阮郎歸 三首

一

濃香搓粉細腰肢，青螺深畫眉。玉釵撩亂挽人衣，嬌多常睡遲。繡簾角，月痕低，仙郎東路歸。泪紅滿面濕胭脂，蘭房怨別離。

二

去年今日落花時，依前又見伊。淡匀雙臉淺匀眉，青衫透玉肌。纔會面，便相思，相思無盡期。這回相見好相知，相知已是遲。

三

玉肌花臉柳腰肢，紅妝淺黛眉。翠鬟斜嚲語聲低，嬌羞雲雨時。伊憐我，我憐伊，心兒與眼兒。繡屏深處説深期，幽情誰得知。

怨春郎

爲伊家，終日悶，受盡悽惶誰問。不知不覺上心頭，悄一霎身心頓也没處頓。惱愁腸，成寸寸，已恁莫把人縈損。奈每每人前道著伊，空把相思淚眼和衣搵。

滴滴金

尊前一把横波溜，彼此心兒有。曲屏深幌解香羅，花燈微透。偎人欲語眉先皺，紅玉困春酒。爲問鴛衾這回後，幾時重又。

卜算子

極得醉中眠，迤邐翻成病。莫是前生負你來，今世裏、教孤冷。言約全無定，是誰先薄倖。不慣孤眠慣成雙，奈奴子、心腸硬。

感庭秋

紅箋封了還重拆，這添追憶。且教伊見我，别來翠減香銷端的。　淥波平遠，暮山重疊，算難憑鱗翼。倚危樓極目，無情細草長天色。

滿路花

銅荷〔一〕融燭泪，金獸嚙扉環。蘭堂春夜疑，惜更殘。落花風雨，向曉作輕寒。金龜朝早，香衾餘暖，殢嬌由自慵眠。　小鬟〔二〕無事須來唤，呵破點唇檀〔三〕。回身還、却背屏山。春禽飛下，簾外日三竿。起來雲鬢亂，不妝紅粉，下階且上鞦韆。

【注釋】

〔一〕銅荷：銅製荷葉狀燭臺。

〔二〕小鬟：婢女。

〔三〕唇檀：塗唇的淡紅色。檀，脂粉的淺紅色。沈亞之《秦夢記》：『公復命至翠微宮，與公主侍人別。重入殿内時，見珠翠遺碎青階下，窗紗檀點依然。』

好女兒令

眼細眉長，宫樣梳妝。靸鞋兒〔一〕走向花下立着，一身繡出，兩同心字，淺淺金黄。　早是肌膚輕渺，抱着了、暖仍香。姿姿媚媚端正好，怎教人别後，從頭仔細，斷得思量。

【注釋】

〔一〕靸鞋兒：陶宗儀《輟耕録》：『西浙之人，以草爲履而無跟，名曰靸鞋。』

南鄉子　二首

一

淺淺畫雙眉，取次梳妝也便宜。灑着胭脂紅撲面，須知。更有何人得似伊。　寶帳燭殘時，好個温柔模樣兒。月裏仙郎清似玉，相期。些子精神更與誰。

二

好個人人，深點唇兒淡抹腮。花下相逢、忙走怕人猜。遺下弓弓小繡鞋。剗襪〔一〕重來，半嚲烏雲金鳳釵。行笑行行連抱得，相挨。一向嬌痴不下懷。

【注釋】

〔一〕剗襪：穿襪着地而行。

踏莎行 二首

一

碧蘚回廊，綠楊深院，偷期夜入簾猶捲。照人無奈月華明，潛身却恨花深淺。密約如沉，前歡未便，看看擲盡金壺箭。闌干敲遍不應人，分明簾下聞裁剪。

二

雲母屏低，流蘇帳小，矮床薄被秋將曉。乍凉天氣未寒時，平明窗外聞啼鳥。　困殢榴花，香添蕙草，佳期須及朱顔好。莫言多病爲多情，此身甘向情中老。

訴衷情　二首

一

歌時眉黛舞時腰，無處不妖饒。初剪菊、欲登高，天氣怯鮫綃〔一〕。　紫絲障，緑楊橋，路迢迢。酒闌歌罷，一度歸時，一度魂消。

【注釋】

〔一〕鮫綃：傳説中鮫人所織的綃，此指輕紗。任昉《述異記》：『南海出鮫綃紗，泉室潛織，一名龍紗。其價百餘金，以爲服，入水不濡。』

二

離懷酒病兩忡忡，攲枕夢無蹤。可憐有人今夜，膽小怯房空。楊柳緑，杏梢紅，負春風。迢迢别恨，脉脉歸心，付與征鴻。

恨春遲〔一〕

欲借江梅薦飲，望隴驛、音息沉沉。住在柳州東，彼此相思，夢回雲去難尋。歸燕來時花期浸，淡月墜、將曉還陰。争奈多情易感，風信無憑，如何消遣初心。

【注釋】

〔一〕一作張先詞。

鹽角兒 二首

一

增之太長，減之太短，出群風格。施朱太赤，施粉太白，傾城顏色。慧多多，嬌的的，天付與、教誰憐惜。除非我、偎着抱着，更有何人消得。

二

人生最苦，少年不得，鴛幃相守。西風時節，那堪話別，雙蛾頻皺。　暗消魂，重回首，奈心兒裏、彼此皆有。後時我、兩個相見，管取一雙清瘦。

憶秦娥

十五六，脱羅裳，長恁黛眉蹙。紅玉暖，入人懷，春困熟。展香裀，帳前明畫燭。眼波長，斜浸鬢雲緑。看不足，苦殘宵、更漏促。

少年游

緑雲雙嚲插金翹，年紀正妖饒。漢妃束素，小蠻垂柳，都占洛城腰。錦屏春過衣初減，香雪暖凝消。試問當筵眼波恨，滴滴爲誰嬌。

踏莎行慢

獨自上孤舟，倚危檣目斷。難成暮雨，更朝雲散。涼勁殘葉亂。新月照、澄波淺。今夜裏，厭厭離緒難銷遣。强來就枕，燈殘漏永，合相思眼。分明夢見如花面。依前是、舊庭院。新月照，羅幕挂，珠簾捲。漸向曉，脉然睡覺如天遠。

蕙香囊

身作琵琶，調全宫羽，佳人自然用意。寶檀槽在雪胸前，倚香臍、横枕瓊臂。組帶金鈎，背垂紅綬，纖指轉弦韻細。願伊祇恁撥《梁州》，且多時、得在懷裏。

玉樓春 五首

一

艷冶風情天與措，清瘦肌膚冰雪妒。百年心事一宵同，愁聽雞聲窗外度。信阻青禽〔一〕雲雨暮，海月空驚人兩處。强將離恨倚江樓，江水不能流恨去。

【注釋】

〔一〕青禽：青鳥，喻信使。

【集評】

明·董其昌評《便讀草堂詩餘》：雞既鳴則東方白矣。雖有迷花戀酒之情，不能久留。故用一『愁』字最巧。

二　印眉

半幅霜綃親手剪，香染青蛾和淚捲。畫時橫接媚霞長，印處雙沾愁黛淺。

當時付我情何限，欲使妝痕長在眼。一回憶着一拈看，便似花前重見面。

【集評】

清·沈曾植《菌閣瑣談》：《醉翁琴趣·玉樓春印眉》詞，細膩曲折，紀實而有風味，此情狀他詞罕見，惟《樂章集·洞仙歌》『愛印了雙眉，索人重畫』，足相印耳。

三

紅樓昨夜相將飲，月近珠簾花近枕。銀缸照客酒方酣，玉漏催人街已禁。晚潮去棹浮清浸，古岸平蕪蕭索甚。大都薄宦足離愁，不放雙鴛長恁恁。

四

金雀雙鬟年紀小，學畫蛾眉紅淡掃。儘人言語儘人憐，不解此情惟解笑。穩着舞衣行動俏，走向綺筵呈曲妙。劉郎大有惜花心，祇恨尋花來較早。

五

夜來枕上爭閑事，推倒屏山褰繡被。儘人求守不應人，走向碧紗窗下睡。　直到起來由自殢，向道夜來真個醉。大家惡發大家休，畢竟到頭誰不是。

【集評】錢鍾書《管錐編》：『惡發』，嗔怒也。陸游《老學庵筆記》卷八『北方民族吉凶條：「『惡發』，猶云『怒』也。」唐宋詩詞即不乏其例。……歐陽修《玉樓春》：『大家惡發大家休，畢竟到頭誰不是。』

定風波

把酒花前欲問伊，問伊還記那回時。黯淡梨花籠月影，人靜，畫堂東畔藥闌西。及至如今都不認，難問，有情誰道不相思。何事碧窗春睡覺，偷照，粉痕匀却濕胭脂。

減字木蘭花 二首

一

去年殘臘，曾折梅花相對插。人面而今，空有花開無處尋。天天不遠，把酒拈花重發願。願得和伊，偎雪眠香似舊時。

二

年來方寸，十日幽歡千日恨。未會此情，白盡人頭可得平。區區堪比，水趁浮萍風趁水。試望瑶京，芳草隨人上古城。

迎春樂

薄紗衫子初腰匝，步輕輕、小羅靸。人前愛把眼兒劄。香汗透、胭脂蠟。良夜永、幽期歡則洽。約重會、玉纖頻插。執手臨歸，猶且更待留時霎。

一落索

小桃風撼香紅碎，滿簾籠花氣。看花何事却成愁，悄不會、春風意。窗在梧桐葉底，更黃昏雨細。枕前前事上心來，獨自個、怎生睡。

夜行船 二首

一

閑把鴛衾横枕，損眉尖、淚痕紅沁。花時良夜不歸來，忍頻聽、漏移清禁。一餉無言都未寢，憶當初、是誰先恁。及至如今，教人成病，風流萬般徒甚。

二

輕捧香腮低枕，眼波媚、向人相浸。佯嬌佯醉索如今，這風情、怎教人禁。却與和衣推未寢，低聲地、告人休恁。月夕花朝，不成虚過，芳年嫁君徒甚。

望江南 二首

一

江南柳，花柳兩相柔。花片落時黏酒盞，柳條低處拂人頭。各自是風流。　江南月，如鏡復如鈎。似鏡不侵紅粉面，似鈎不挂畫簾頭。長是照離愁。

二

江南柳，葉小未成陰。人爲絲輕那忍折，鶯嫌枝嫩不勝吟。留着待春深。　十四五，閑抱琵琶尋。階上簸錢〔一〕階下走，恁時相見早留心。何况到如今。

【注釋】

〔一〕簸錢：古代一種擲錢賭輸贏的游戲。

【集評】

清·宋翔鳳《樂府餘論》：此詞極佳，當别有寄托，蓋以嘗爲人口實，故編集去之。然緣情綺靡之作，必欲附會穢事，則凡在詞人，皆無全行，正不必爲歐公辯也。

清·胡薇元《歲寒居詞話》：歐陽永叔《六一詞》工絶，今集中多淺近之詞，則公知貢舉時，不取怪異之文。下第，舉子劉煇等忌之，作《醉蓬萊》《望江南》詞，雜刊集中以謗之。然而淺俗語、污衊佻薄之詞，固可一望而知也。他日刊公集者，吾願爲之湔洗，以還舊觀。

宴瑶池

戀眼噥心終未改，向意間長在。都緣爲、顔色殊常，見餘花、盡無心愛。都爲是風流噉，至他人、强來厮壞。從今後、若得相逢，繡幃裏、痛惜嬌態。

解仙佩

有個人人牽繫，泪成痕、滴盡羅衣。問海約山盟何時，鎮教人、目斷魂飛。夢裏似偎人睡，肌膚依舊骨香膩。覺來但堆鴛被，想忡忡、那裏争知。

少年游

闌干十二獨憑春，晴碧遠連雲。千里萬里，二月三月，行色苦愁人。謝家池上〔一〕，江淹浦畔〔二〕，吟魄與離魂。那堪疏雨滴黄昏，更特地、憶王孫。

【注釋】

〔一〕謝家池上：《南史·謝惠連傳》：『族兄靈運嘉賞之，云「每有篇章，對惠連輒得佳語」。嘗于永嘉西堂思詩，竟日不就，忽夢見惠連，即得「池塘生春草」，大以爲工。常云「此語有神功，非吾語也」。』

〔二〕江淹浦畔：江淹《别賦》：『春草碧色，春水渌波。送君南浦，傷如之何！』

【集評】

劉永濟《唐五代兩宋詞簡析》：此咏春草之詞也。上半闋前四句言草生之地與時，結句聯繫行人。後半闋三用春草故事，『吟魄』指謝詩，『離魂』指江賦，以見謝池、江浦之草雖亦感人，不如疏雨黄昏中之草，使人更特别思念王孫，隱喻時衰則思賢更切也。

桃源憶故人

碧紗影弄東風曉，一夜海棠開了。枝上數聲啼鳥，妝點愁多少。妒雲恨雨腰支裊，眉黛不忺重掃。薄倖不來春老，羞帶宜男草。

【集評】清·黄蘇《蓼園詞選》：按第一闋言春色明艷，動閨中春思耳。次闋言抑鬱無聊，青春已老，羞望恩澤耳。托興自娟秀。

阮郎歸

雪霜林際見依稀，清香已暗期。前村已遍倚南枝，群花猶未知。情似舊，賞休遲，看看隴上吹。便從今日賞芳菲，韶華取次歸。

漁家傲〔一〕

戰勝歸來飛捷奏。傾賀酒，玉階遥獻南山壽。

【注釋】

〔一〕魏泰《東軒筆録》云：『范文正公守邊日，作《漁家傲》樂歌數闋，皆以「塞下秋來」爲首句，頗述邊鎮之勞苦。歐陽公嘗呼爲窮塞主之詞。及王尚書素出守平涼，文忠亦作《漁家傲》一詞以送之，其斷章曰：「戰勝歸來飛捷奏。傾賀酒，玉階遥獻南山壽。」顧謂王曰：「此真元帥之事也。」』此詞又見孔凡禮《全宋詞補輯》，源自《詩淵》，而以爲龐籍之作。王珪《華陽集》載，治平元年（一〇六四）秋，王素知渭州，歐陽修爲之送行，即作此詞。龐籍卒于嘉祐八年（一〇六三），不及見王素西行。

《宋史·歐陽修傳》

〔元〕脱脱

歐陽修字永叔，廬陵人。四歲而孤，母鄭守節自誓，親誨之學，家貧，至以荻畫地學書。幼敏悟過人，讀書輒成誦。及冠，嶷然有聲。宋興且百年，而文章體裁，猶仍五季餘習。鎪刻駢偶，淟涊弗振，士因陋守舊，論卑氣弱。蘇舜元、舜欽、柳開、穆修輩，咸有意作而張之，而力不足。修游隨，得唐韓愈遺稿於廢書簏中，讀而心慕焉。苦志探賾，至忘寢食，必欲並轡絕馳而追與之並。舉進士，試南宮第一，擢甲科，調西京推官。始從尹洙游，爲古文，議論當世事，迭相師友。與梅堯臣游，爲歌詩相唱和。遂以文章名冠天下。

入朝，爲館閣校勘。范仲淹以言事貶，在廷多論救，司諫高若訥獨以爲當黜。修貽書責之，謂其『不復知人間有羞耻事』。若訥上其書，坐貶夷陵令，稍徙乾德令、武成節度判官。仲淹使陝西，辟掌書記，修笑而辭曰：『昔者之舉，豈以爲己利哉？同其退不同其進可也。』久之，復校勘，進集賢校理。

慶曆三年，知諫院。時仁宗更用大臣，杜衍、富弼、韓琦、范仲淹皆在位，增諫官員，用天下名士，修首在選中。每進見，帝延問執政，咨所宜行。既多所張弛，小人翕翕不便。修慮善人必不勝，數爲帝分别言之。初，范仲淹之貶饒州也，修與尹洙、余靖皆以直仲淹見逐，目之曰『黨人』。自是，朋黨之論起。修乃爲《朋黨論》以進，其略曰：『君子以同道爲朋，小人以同利爲朋，此自然之理也。臣謂小人無朋，惟君子則有之。小人所好者利禄，所貪者財貨。當其同利之時，暫相黨引以爲朋者，僞也。及其見利而争先，或利盡而反相賊害，雖兄弟親戚不能相保。故曰小人無朋。君子則不然，所守者道義，所行者忠信，所惜者名節。以之修身，則同道而相益，以之事國，則同心而共濟，終始如一。故曰惟君子則有朋。紂有臣億萬，惟億萬心，可謂無朋矣，而紂用以亡。武王有臣三千，惟一心，可謂大朋矣，而周用以興。蓋君子之朋，雖多而不厭故也。故爲君但當退小人之僞朋，用君子之真朋，則天下治矣。』

修論事切直，人視之如仇，帝獨獎其敢言，面賜五品服，顧侍臣曰：『如歐陽修者，何處得來？』同修起居注，遂知制誥。故事，必試而後命，帝知修，詔特除之。

奉使河東。自西方用兵，議者欲廢麟州以省饋餉。修曰：『麟州天險不可廢。廢之，則河内郡縣民皆不安居矣。不若分其兵，駐並河内諸堡，緩急得以應援，而平時可省轉輸，於策爲便。』由是州得存。又言：『忻、代、岢嵐多禁地廢田，願令民得耕之，不然，將爲敵有。』朝廷下其議，久乃行，歲得粟數百萬斛。凡河東賦斂過重民所不堪者，奏罷十數事。

使還，會保州兵亂，以爲龍圖閣直學士、河北都轉運使。陛辭，帝曰：『勿爲久留計。有所欲言，言之。』對曰：『臣在諫職得論事，今越職而言，罪也。』帝曰：『第言之，毋以中外爲間。』賊平，大將李昭亮、通判馮博文私納婦女，修捕博文繫獄，昭亮懼，立出所納婦。兵之始亂也，招以不死，既而皆殺之，脅從二千人分隸諸郡。富弼爲宣撫使，恐後生變，將使同日誅之，與修遇於内黄，夜半，屏人告之故。修曰：『禍莫大於殺已降，况脅從乎？既非朝命，脱一郡不從，爲變不細。』弼悟而止。

方是時，杜衍等相繼以黨議罷去，修慨然上疏曰：『杜衍、韓琦、范仲淹、富弼，天下皆知其有可用之賢，而不聞其有可罷之罪。自古小人讒害忠賢，其説不遠。欲廣陷良善，不過指爲朋黨；欲動摇大臣，必須誣以顓權。其故何也？去一善人，而衆善人尚在，則未爲小人之利。欲盡去之，則善人少過，難爲一一求瑕，惟指以爲黨，則可一時盡逐。至如自古大臣，已被主知而蒙信任，則難以他事動摇，唯有顓權是上之所惡，必須此説，方可傾之。正士在朝，群邪所忌，謀臣不用，敵國之福也。今此四人一旦罷去，而使群邪相賀於内，四夷相賀於外，臣爲朝廷惜之。』於是邪黨益忌修，因其孤甥張氏獄傅致以罪，左遷知制誥、知滁州。居二年，徙揚州、潁州。復學士，留守南京，以母憂去。服除，召判流内銓，時在外十一年矣。帝見其髮白，問勞甚至。小人畏修復用，有詐爲修奏，乞澄汰内侍爲奸利者。其群皆怨怒，譖之，出知同州，帝納吴充言而止。遷翰林學士，俾修《唐書》。奉使契丹，其主命貴臣四人押宴，曰：『此非常制，以卿名重故爾。』知嘉祐二年貢舉。時士子尚爲險怪奇澀之文，號『太學體』，修痛排抑之，凡如是者輒黜。畢事，向之囂薄者伺修出，聚譟於馬首，街邏不能制。然場屋之習，從是遂變。

加龍圖閣學士、知開封府。承包拯威嚴之後，簡易循理，不求赫赫名，京師亦治。

旬月，改群牧使。《唐書》成，拜禮部侍郎兼翰林侍讀學士。修在翰林八年，知無不言。河決商胡，北京留守賈昌朝欲開橫壟故道，回河使東流。有李仲昌者，欲導入六塔河，議者莫知所從。修以爲：『河水重濁，理無不淤，下流既淤，上流必決。以近事驗之，決河非不能力塞，故道非不能力復，但勢不能久爾。橫壟功大難成，雖成將復決。六塔狹小，而以全河注之，濱、棣、德、博必被其害。不若因水所趨，增堤峻防，疏其下流，縱使入海，此數十年之利也。』宰相陳執中主昌朝，文彥博主仲昌，竟爲河北患。臺諫論執中過惡，而執中猶遷延固位。修上疏，以爲『陛下拒忠言，庇愚相，爲聖德之累』。未幾，執中罷。狄青爲樞密使，有威名，帝不豫，訛言籍籍。修請出之於外，以保其終，遂罷知陳州。修嘗因水災上疏曰：『陛下臨御三紀，而儲宮未建。昔漢文帝初即位，以群臣之言，即立太子，而享國長久，爲漢太宗。唐明宗惡人言儲嗣事，不肯早定，致秦王之亂，宗社遂覆。陛下何疑而久不定乎？』其後建立英宗，蓋原於此。

五年，拜樞密副使。六年，參知政事。修在兵府，與曾公亮考天下兵數及三路屯戍多少、地里遠近，更爲圖籍。凡邊防久缺屯戍者，必加搜補。其在政府，與韓琦同心輔政。凡兵民、官吏、財利之要，中書所當知者，集爲總目，遇事不復求之有司。時東宮猶未定，與韓琦等協定大議，語在《琦傳》。英宗以疾未親政，皇太后垂簾，左右交構，幾成嫌隙。韓琦奏事，太后泣語之故，琦以帝疾爲解，太后意不釋。修進曰：『太后事仁宗數十年，仁德著於天下。昔温成之寵，太后處之裕如；今母子之間，反不能容邪？』太后意稍和。修復曰：『仁宗在位久，德澤在人，故一日晏駕，天下奉戴嗣君，無一人敢異同者。今太后一婦人，臣等五六書生耳，非仁宗遺意，天下誰肯聽從。』太后默然，久之而罷。

修平生與人盡言無所隱。及執政，士大夫有所干請，輒面諭可否，雖臺諫官論事，亦必以是非詰之，以是怨誹益衆。帝將追崇濮王，命有司議，皆謂當稱皇伯，改封大國。修引《喪服記》，以爲：『「爲人後者，爲其父母報。」降三年爲期，而不没父母之名，以見服可降而名不可没也。若本生之親改稱皇伯，歷考前世，皆無典據。進封大國，則又禮無加爵之道。故中書之議不與衆同。』太后出手書，許帝稱親，尊王爲皇，三夫人爲后。帝不敢當。於是御史呂誨等詆修主此議，争論不已，皆被逐。惟蔣之奇之説合修意，修薦爲御史。衆目爲奸邪，之奇患之，則思所以自解。修婦弟薛宗孺有憾於修，造帷薄不根之謗摧辱之，展轉達於中丞彭思永。思永以告之奇，之奇即上章劾修。神宗初即位，欲深譴修，訪故宮臣孫思恭，思恭爲辨釋。修杜門，請推治。帝使詰思永、之奇，問所從來？辭窮，皆坐黜。修亦力求退，罷爲觀文殿學士、刑部尚書、知亳州。明年，遷兵部尚書、知青州，改宣徽南院使、判太原府。辭不拜，徙蔡州。

修以風節自持，既數被污衊，年六十即連乞謝事，帝輒優詔弗許。及守青州，又以請止散青苗錢，爲安石所詆，故求歸愈切。熙寧四年，以太子少師致仕。五年，卒，贈太子太師，謚曰文忠。

修始在滁州，號醉翁，晚更號六一居士。天資剛勁，見義勇爲，雖機阱在前，觸發之不顧。放逐流離，至于再三，志氣自若也。方貶夷陵時，無以自遣，因取舊案反覆觀之，見其枉直乖錯不可勝數，於是仰天嘆曰：『以荒遠小邑且如此，天下固可知。』自爾遇事不敢忽也。學者求見，所與言未嘗及文章，惟談吏事，謂文章止於潤身，政事可以及物。凡歷數郡，不見治迹，不求聲譽，寬簡而不擾，故所至民便之。或問：『爲政寬簡而事不弛廢，何也？』曰：『以縱爲寬，以略爲簡，則政事弛廢，而民受其弊。吾所謂寬者，不爲苛急；簡者，不爲繁碎耳。』修幼失父，母嘗謂曰：『汝父爲吏，常夜燭治官書，屢廢而嘆。吾問之，則曰：「死獄也。我求其生，不得爾。」吾曰：「生可求乎？」曰：「求其生而不得，則死者與我皆無恨。

夫常求其生，猶失之死，而世常求其死也。」其平居教他子弟，常用此語，吾耳熟焉。』修聞而服之終身。

爲文天才自然，豐約中度。其言簡而明，信而通，引物連類，折之於至理，以服人心。超然獨騖，衆莫能及，故天下翕然師尊之。奬引後進，如恐不及，賞識之下，率爲聞人。曾鞏、王安石、蘇洵，洵子軾、轍，布衣屏處，未爲人知，修即游其聲譽，謂必顯於世。篤於朋友，生則振掖之，死則調護其家。

好古嗜學，凡周、漢以降金石遺文、斷編殘簡，一切掇拾，研稽異同，立説於左，的的可表證，謂之《集古録》。奉詔修《唐書》紀、志、表，自撰《五代史記》，法嚴詞約，多取《春秋》遺旨。蘇軾叙其文曰：『論大道似韓愈，論事似陸贄，記事似司馬遷，詩賦似李白。』識者以爲知言。

子發，字伯和，少好學，師事安定胡瑗，得古樂鐘律之説，不治科舉文詞，獨探古始立論議。自書契以來，君臣世系，制度文物，旁及天文、地理，靡不悉究。以父恩，補將作監主簿，賜進士出身，纍遷殿中丞。卒年四十六。蘇軾哭之，以謂發得文忠公之學，漢伯喈、晉茂先之流也。

中子棐，字叔弼，廣覽强記，能文辭。年十三時，見修著《鳴蟬賦》，侍側不去。修撫之曰：『兒異日能爲吾此賦否？』因書以遺之。用蔭，爲秘書省正字，登進士乙科，調陳州判官，以親老不仕。修卒，代草遺表，神宗讀而愛之，意修自作也。服除，始爲審官主簿，纍遷職方員外郎、知襄州。曾布執政，其婦兄魏泰倚聲勢來居襄，規占公私田園，强市民貨，郡縣莫敢誰何。至是，指州門東偏官邸廢址爲天荒，請之。吏具成牘至，棐曰：『孰謂州門之東偏而有天荒乎？』却之。衆共白曰：『泰横於漢南久，今求地而緩與之，且不可，而又可却邪？』棐竟持不與。泰怒，譖於布，徙知潞州，旋又罷去。元符末，還朝，歷吏部、右司二郎中，以直秘閣知蔡州。蔡地薄賦重，轉運使又爲覆折之令，多取於民，民不堪命。會有詔禁止，而佐吏憚使者，不敢以詔旨從事。棐曰：『州郡之於民，詔令苟有未便，猶將建請。今天子詔意深厚，知覆折之病民，手詔止之，若有憚而不行，何以爲長吏？』命即日行之。未幾，坐黨籍廢。十餘年卒。

論曰：三代而降，薄乎秦、漢，文章雖與時盛衰，而藹如其言，曄如其光，皦如其音，蓋均有先王之遺烈。涉晋、魏而弊，至唐韓愈氏振起之。唐之文，涉五季而弊，至宋歐陽修又振起之。挽百川之頹波，息千古之邪説，使斯文之正氣，可以羽翼大道，扶持人心，此兩人之力也。愈不獲用，修用矣，亦弗克究其所爲，可爲世道惜也哉！

歐陽文忠公神道碑

〔宋〕蘇轍

熙寧五年秋七月，觀文殿學士、太子少師致仕歐陽文忠公薨于汝陰。八年秋九月，諸子奉公之喪，葬于新鄭旌賢鄉。自葬至崇寧五年，凡三十有二年矣。公子棐以墓隧之碑來請，轍方以罪廢于家，且病不能執筆，辭不獲命，乃曰：『病苟不死，當如君志。』既而病已。謹按：歐陽氏自唐率更令之四世孫琮爲吉州刺史，後世因家于吉。曾祖諱郴，南唐武昌令，贈太師、中書令。妣劉氏，追封楚國太夫人。祖諱偃，南唐南京街院判官，贈太師、中書令兼尚書令。妣李氏，追封吴國太夫人。考諱觀，秦州軍事推官，贈太師、中書令兼尚書令，封鄭國公。妣鄭氏，追封韓國太夫人。公諱修，字永叔，生四歲而孤。韓國守節自誓，親教公讀書，家貧，至以荻畫地學書。公敏悟過人，所覽輒能誦。比成人，將舉進士，爲一時偶儷之文，已絶出倫輩。翰林學士胥公時在漢陽，見而奇之曰：『子必有名于世。』館之門下。公從之京師，兩試國子監，一試禮部，皆第一人，遂中甲科，補西京留守推官。始從尹師魯游，爲古文議論當世事，迭相師友。與梅聖俞游，爲歌詩相倡和，遂以文章名冠天下。

留守王文康公知其賢，還朝薦之。景祐初，召試，遷鎮南軍節度掌書記、館閣校勘。時范文正公知開封府，每進見，輒論時政得失。宰相惡之，斥守饒州。公見諫官高若訥，若訥詆誚范公，以爲當黜。公爲書責之，坐貶峽州夷陵令。明年，移乾德令，復爲武成軍節度判官。康定初，范公起爲陝西經略招討安撫使，辟公掌書記。公笑曰：『吾論范公，豈以爲利哉？同其退不同其進可也。』辭不就。召還，復校勘，遷太子中允，與修《崇文總目》。

慶曆初，遷集賢校理，同知太常禮院。求補外，通判滑州事。時西師未解，契丹初復舊約，京東、西盜賊蜂起，國用不給。仁宗知朝臣不任事，始登進范公及杜正獻公、富文忠公、韓忠獻公，分列二府。增諫員，取敢言士。公首被選，以太常丞知諫院，賜五品服。未幾，修起居注。公每勸上延見諸公，訪以政事。上再出手詔，使諸公條天下事。又開天章閣，召對賜坐，給紙筆，使具疏于前。諸公惶恐，退而上時所宜先者十數事。于是有詔勸農桑，興學校，革磨勘、任子等弊。中外悚然，而小人不便，相與騰口謗之。公知其必爲害，常爲上分别邪正，勸力行諸公之言。

初，范公之貶饒州，公與尹師魯、余安道皆以直范公見逐，目之黨人。自是朋黨之論起，久而益熾。公乃爲《朋黨論》以進，言『君子以同道爲朋，小人以同利爲朋，人君但當退小人之僞朋，用君子之真朋』，其言懇惻詳盡。其後諸公卒以黨議不得久留于朝。公性疾惡，論事無所回避，小人視之如仇讎，而公愈奮厲不顧。上獨深知其忠，改右正言、知制誥，賜三品服，仍知諫院。故事，知制誥必試。上知公之文，有旨不試。與近世楊文公、陳文惠公比，逮公三人而已。嘗因奏事論及人物，上目公曰：『如歐陽修，何處得來？』蓋欲大用而未果也。

四年，大臣有言河東芻糧不足，請廢麟州，徙治合河津，或請廢其五寨。命公往視利害，公曰：『麟州天險，不可廢也。麟州廢，則五寨不可守；五寨不守，則府州遂爲孤壘。今五寨存，故虜在二三百里外；若五寨廢，則夾河皆虜巢穴，河内州縣皆不安居矣。不若分其兵，駐並河清塞堡，緩急不失應副，而平時可省轉輸。』由是麟州得不廢。又言：『忻、代州、岢嵐、火山軍，並邊民田，廢不得耕，號爲禁地。吾雖不耕，而虜常盜耕之。若募民計口出丁爲兵，量入租粟以耕，歲可得數百萬斛。不然，他日且盡爲虜有。』議下，太原帥臣以爲不便，持之，久之乃從。凡河東賦斂過重，民所不堪，奏罷者十數事。

自河東還，會保州兵亂，又以公爲龍圖閣直學士、河北都轉運使。陛辭，上面諭：『無爲久留計，有所欲言，言之。』公曰：『諫官得風聞言事，外官越職而言，罪也。』上曰：『第以聞，勿以中外爲意。』河北諸軍怙亂驕恣，小不如意，輒脅持州郡。公奏乞優假將帥，以鎮壓士心，軍中乃定。初，保州亂兵皆招以不死，既而悉誅之，脅從二千人亦分隸諸州。富公爲宣撫使，恐後生變，與公相遇于内黄，夜半屏人謀，欲使諸州同日誅之。公曰：『禍莫大于殺已降，况脅從乎？既非朝命，州郡有一不從，爲變不細。』富公悟，乃止。公奏置御河催綱司，以督糧餉，邊州賴之。又置磁、相州都作院，以繕一路戎器。河北方小治，而二府諸公相繼以黨議罷去。公慨然上書論之，用事者益怒。會公之外甥女張嫁公族人晟，以失行繫獄。言事者乘此欲並中公，遂起詔獄，窮治張貲産。上使中官監劾之，卒辨其誣，猶降官知滁州事。

居二年，徙揚州，又徙潁州。遷禮部郎中，復龍圖閣直學士，留守南京，遷吏部郎中。丁韓國太夫人憂。至和初，服除，入見，鬚髮盡白。上怪之，問勞惻然，恩意甚厚，命判吏部流内銓。小人畏公且大用，僞爲公奏，乞澄汰宦官，宦官聞之，果怒。會選人胡宗堯當改官，坐嘗以官舟假人，經赦去官，法當循資。公引對取旨，上特令改官。宦官有密奏者曰：『宗堯，翰林學士宿之子，有司右之，私也。』遂出公知同州。言者多謂公無罪，上悟，留刊修《唐書》。俄入翰林爲學士。自滁州之貶，至是十二年矣。上臨御既久，遍閱天下士，群臣未有以大稱上意。上思富公、韓公之賢，復召，置二府，時慶曆舊人惟二公與公三人，皆在朝廷。士大夫知上有致治之意，翕然相慶。公以學士判三班院。二年，奉使契丹。契丹使其貴臣宗愿、宗熙、蕭知足、蕭孝友四人押燕，曰：『此非常例，以卿名重故爾。』

嘉祐初，判太常寺。二年，權知貢舉。是時進士爲文以詭異相高，文體大壞。公患之，所取率以詞義近古爲貴，凡以險怪知名者黜去殆盡。榜出，怨謗紛然，久之乃服。然文章自是變而復古。

三年，加龍圖閣學士，權知開封府事，所代包孝肅公以威嚴御下，名震都邑。公簡易循理，不求赫赫之譽，有以包公之政勵公者，公曰：『凡人材，性不一。用其所長，事無不舉；强其所短，勢必不逮。吾亦任吾所長耳。』聞者稱善。四年，求罷，遷給事中，充群牧使。

《唐書》成，拜禮部侍郎，俄兼翰林侍讀學士。公在翰林凡八年，知無不言，所言多聽。河決商胡，賈魏公留守北京，欲開橫壟故道，回河使東。有李仲昌者，欲道商胡入六塔河。詔兩省臺諫集議，公故奉使河北，知河決根本，以爲河水重濁，理無不淤，淤從下起，下流既淤，上流必決，水性避高，決必趨下。以近事驗之，決河非不能力塞，故道非不能力復，但勢不能久，必決于上流耳。橫壟功大難成，雖成，必有復決之患。六塔狹小，不能容受大河。以全河注之，濱、棣、德、博必被其害。不若因水所趨，增治堤防，疏其下流，浚之入海，則河無決溢散漫之憂，數十年之利也。陳恭公當國，主橫壟之議。恭公罷去，而宰相復以仲昌之言爲然，行之而敗，河北被害者凡數千里。

狄武襄公爲樞密使，奮自軍伍，多戰功，軍中服其威名。上不豫，諸軍訛言籍籍。公言：『武臣掌機密而得軍情，不惟于國不便，鮮不以爲身害。請出之外藩，以保其終始。』遂罷知陳州。公嘗因水灾上言：『陛下臨御三十餘年，而儲宫未建，此久闕之典也。漢文帝即位，群臣請立太子，群臣不自疑而敢請，文帝亦不疑其臣有二心。後唐明宗尤惡人言太子事。然漢文帝立太子之後，享國長久，爲漢太宗。明宗儲嗣不早定，而秦王以窺覬陷于大禍，後唐遂亂。陛下何疑而久不定乎？』公言事不擇劇易，類如此。

五年，以本官爲樞密副使。明年，爲參知政事。公在兵府，與曾魯公考天下兵數及三路屯戍多少、地里遠近，更爲圖籍，凡邊防久闕屯戍者，必加搜補。其在政府，凡兵民、官吏、財利之要，中書所當知者，集爲總目，遇事不復求之有司。時富公久以母憂去位，公與韓公同心輔政。每議事，心所未可，必力争，韓公亦開懷不疑。故嘉祐之政，世多以爲得。

時東宫猶未定，臣僚間有言者，然皆不克行。最後，諫官司馬光、知江州吕誨言之，中書將因二疏以請，幸上有可意，相與力贊之。一日，奏事垂拱，讀二疏，未及有言，上曰：『朕有意久矣，顧未得其人耳，宗室中誰可者？』韓公對曰：『宗室不接外人，臣等無由知之，抑此事非臣下所敢議，當出自聖斷。』上乃稱英宗舊名曰：『宫中嘗養此人，今三十許歲矣，惟此人可耳。』是日，君臣定議于殿上，將退，公奏曰：『此事至大，臣等未敢即行，陛下今夕更思之，來日取旨。』明日，請之崇政，上曰：『決無疑矣。』諸公皆曰：『事當有漸，容臣等議所除官。』時英宗方居濮王憂，遂議起復，除泰州防禦使，判宗正寺。來日復對，上大喜。諸公奏曰：『此事既行，不可中止，乞陛下斷之于心，内批付臣等行之可也。』上曰：『此豈可使婦人知之？中書行之足矣。』時六年十月也。及命下，英宗力辭，上聽候服除。七年二月，英宗既免喪，稱疾不出。至七月，韓公議曰：『宗正之命既出，外人皆知必爲皇子矣。今不若遂正其名，使知愈退而愈進，示朝廷不可回之意。』衆稱善，乃以其纍表上之。上曰：『今當如何？』韓公未對，公進曰：『宗室舊不領職事，今有此命，天下皆知陛下意矣。然誥敕付閤門，得以不受。今若以爲皇子，詔書一出，而事定矣。』上以爲然，遂下詔。及宫車晏駕，皇子嗣位，海内泰然，有磐石之固。然後天下皆咏歌仁宗之聖以及諸公之賢，而向之黨議，消釋無餘，至于小人，亦靡滅不見矣。

英宗即位之初，以疾未親政，慈聖光獻太后臨朝。公與諸公往來二宮，彌縫其間，卒復明辟。樞密使嘗闕人，公當次補，韓公、曾公議將進擬，不以告公。公覺其意，謂二公曰：『今天子諒陰，母后垂簾，而二三大臣自相位置，何以示天下？』二公大服而止。其後張康節公去位，英宗復將用公，公又力辭不拜。公再辭重位，諸公不喻其意而服其難。八年，遷户部侍郎。治平初，特遷吏部。

神宗即位，遷尚書左丞。公性剛直，平生與人盡言無所隱。及在二府，士大夫有所干請，輒面諭可否。雖臺諫論事，亦必以是非詰之，以此得怨，而公不恤也。朝廷議加濮王典禮，詔下禮官與從官定議，衆欲改封大國，稱伯父。議未下，臺官意公主此議，遂專以詆公。言者既以不勝補外，而來者持公愈急，御史蔣之奇並以飛語污公。公杜門求辨其事，神宗察其誣，連詔詰問，詞窮，逐去。公益堅求退，上知不可奪，除觀文殿學士，知亳州事。熙寧初，遷兵部尚書，知青州，兼充京東東路安撫使。時諸縣散青苗錢，公乞令民止納本錢，以示不爲利，罷提舉管勾官，聽民以願請，不報。三年，除檢校太保、宣徽南院使，判太原府、河東路經略安撫使。公辭，求知蔡州，從之。公在亳，已六請致仕。比至蔡，逾年，復請。四年，以觀文殿學士、太子少師致仕。公年未及謝事，天下益以高公。

公昔守潁上，樂其風土，因卜居焉。及歸，而居室未完，處之怡然，不以爲意。公之在滁也，自號醉翁，作亭琅邪山，以醉翁名之。晚年又自號六一居士，曰：『吾《集古録》一千卷，藏書一萬卷，有琴一張，有棋一局，而常置酒一壺，吾老于其間，是爲六一。』自爲傳刻石，亦名其文曰《居士集》。居潁一年而薨，享年六十有六，贈太子太師，謚文忠。天下學士聞之，皆出涕相吊。後以諸子贈太師，追封兗國公。公之于文，天材有餘，豐約中度，雍容俯仰，不大聲色而義理自勝，短章大論，施無不可。有欲效之，不詭則俗，不淫則陋，終不可及。是以獨步當世，求之古人，亦不可多得。公于六經，長于《易》《詩》《春秋》，其所發明，多古人所未見。嘗奉詔撰唐本紀、表、志，撰《五代史》。二書本紀，法嚴而詞約，多取《春秋》遺意，其表、傳、志、考，與遷、固相上下。凡爲《易童子問》三卷，《詩本義》十四卷，唐本紀、表、志七十五卷，《五代史》七十四卷，《居士集》五十卷，《外集》若干卷，《歸榮集》一卷，《外制集》三卷，《内制集》八卷，《奏議集》十八卷，《四六集》七卷，《集古録跋尾》十卷，雜著述十九卷。

公篤于朋友，不以貴賤生死易意。尹師魯、石守道、孫明復、梅聖俞既没，皆經理其家，或言之朝廷，官其子弟。尤獎進文士，一有所長，必極口稱道，惟恐人不知也。公前後歷七郡守，其政察而不苛，寬而不弛，吏民安之，滁、揚之人至爲立生祠。鄭公嘗有遺訓，戒慎用死刑。韓國以語公，公終身行之，以爲漢法惟殺人者死，今法多雜犯死罪，故死罪非殺人者，多所平反，蓋鄭公意也。

昔孔子生于衰周而識文武之道，其稱曰：『文王既没，文不在兹乎？』雖一時諸侯不能用，功業不見于天下，而其文卒不可掩。孔子既没，諸弟子如子貢、子夏，皆以文名于世，數傳之後，子思、孟子、荀卿並爲諸侯師。秦人雖以塗炭遇之，不能廢也。及漢祖以干戈定亂，紛紜未已，而叔孫通、陸賈之徒，以《詩》《書》《禮》《樂》彌縫其闕矣。其後賈誼、董仲舒相繼而起，則西漢之文，後世莫能仿佛。蓋孔氏之遺烈，其所及者如此。自漢以來，更魏、晋，歷南、北，文弊極矣。雖唐貞觀、開元之盛，而文氣衰弱，燕、許之流，倔强其間，卒不能振。惟韓退之一變復古，闕其頽波，東注之海，遂復西漢之舊。自退之以來，五代相承，天下不知所以爲文。祖宗之治，禮文法度，追迹漢、唐，而文章之士，楊、劉而已。及公之文行于天下，乃復無愧于古。于戲！自孔子至今，千數百年，文章廢而復興，惟得二人焉。夫豈偶然也哉！

公初娶胥氏，即翰林學士偃之女。再娶楊氏，集賢院學士大雅之女。後娶薛氏，資政殿學士簡肅公奎之女，追封岐國太夫人。男八人：發，故承議郎；奕，故光禄寺丞；棐，朝奉大夫；辯，故承議郎；餘早亡。孫男六人：愻，故臨邑縣尉；憲，通仕郎；恕，奉議郎；愬，故宣義郎；愿、懋，皆將仕郎。孫女七人，皆適士族。

公之在翰林也，先君文安先生以布衣隱居鄉閭，聞天子復用正人，喜以書遺公。公一見其文，曰：『此孫卿子之書也。』及公考試禮部，亡兄子瞻以進士試稠人中，公與梅聖俞得其程文，以爲異人。是歲，轍亦中下第，公亦以謂不忝其家。先君不幸捐館舍，亡兄與轍皆流落不偶。元祐初，會于京師，公家以公碑諉子瞻，子瞻許焉，既又至于大故。轍之不敏，以父兄故，不敢復辭。銘曰：

于穆仁宗，有臣文忠。自險而夷，保其初終。惟古君臣，終之實難。匪不用賢，有孽其間。公奮自南，聲被四方。允文且忠，有煒其光。上實開之，下實梍之。三起三僨，誰實使之。僨而復全，惟天子明。克明克忠，乃卒有成。逮歲嘉祐，君臣一德。左右天造，民用飲食。舜禹相授，不改舊臣。白髮蒼顏，翼然在廷。功成而歸，維公本心。彼其何知，言恐不深。潁水之濱，甲第朱門。新鄭之墟，茂木高墳。野人指之，文忠之遺。忠臣不危，仁祖之思。